KB120582

내일처럼 비가 내리면

천년의시 0123

내일처럼 비가 내리면

1판 1쇄 펴낸날 2021년 8월 23일
지은이 안창섭
펴낸이 이재무
책임편집 박은정
편집디자인 민성돈, 장덕진
펴낸곳 (주)천년의시작
등록번호 제301-2012-033호
등록일자 2006년 1월 10일
주소 (03132) 서울시 종로구 삼일대로32길 36 운현신화타워 502호.
전화 02-723-8668
팩스 02-723-8630
홈페이지 www.poempoem.com
이메일 poemsijak@hanmail.net

안창섭ⓒ, 2021, printed in Seoul, Korea

ISBN 978-89-6021-574-0
       978-89-6021-105-6 04810(세트)

값 10,000원

＊이 시집은 **경남문화예술진흥원** GYEONGNAM CULTURE AND ARTS FOUNDATION 예술육성지원사업 보조금을 지원받아 제작되었습니다.

내일처럼 비가 내리면

안 창 섭 시 집

천년의
시 작

시인의 말

고립무원의 적지에서 퇴로 찾지 못한 털 없는 원숭이
어떻게 적진 깊숙이 침투했는지?

밤의 혓바닥이 매복 진지를 뚫고 저격수의 총알을 받아 낼지도 모르는
먼 그곳이, 어디쯤일지 벌거벗은 몸으로 끝까지 밀고 나가는

우연히 만나 사람들끼리 뒤꿈치를 잘라 먹는 굴절의 시간
벚꽃들이 일기장에 고백한 거짓말들이 침투 원점에서 흔적을 제거하는

아! 이제 어쩐다, 항아리 무덤 속으로 죽음을 타전하는, 나는

차 례

시인의 말

9

제1부 태양은 달리고 있다

쇠잔등을 가르는 소나기처럼

한때, 소나기였던 나는 구름을 밟아 본 적이 있다
구름을 등에 업고 뛰어내린 4,000피트 상공에는
속껍질 많은 나무들이 받쳐 주었다

새들은 비에 젖은 과일을 품었다가
하늘이 무게중심을 잃는 사이
바람에 발이 묶여 공중에 발자국을 새기는 시간
귀가 점점 커지는 스물네 살의 여름
낙숫물처럼 떨어지는 일기예보를 까맣게 까먹었다

구름은 어떤 자세로 조금씩 바닥으로 흘러가는지
왼손이 한쪽으로 기울어진 과거를 더듬는 동안
혓바닥이 까매지도록 살아온 오디의 입술

불안한 하늘이 몸속 물방울 이야기를 숨기고
누군가의 비닐우산을 찢어 버린 날도,
물컹한 복숭아가 발목으로 튀어나온 날
입안이 간지러워 입천장까지 빗물이 넘치는 날
정이 많으면 잔주름이 점점 깊어지는
가문 날에
소나기 지나가고

내일이 오늘에게

지나친 거리마다 이정표를 세우며 돌아온 태양

어제와 같은 오늘이 시계 반대 방향으로 가고 있을 때
어젯밤 너에게 하고픈 말을 돌려받고 싶을 때
삶과 죽음의 본능이 교차하는 밤
밤의 심장은 과거시제를 완료하고

밤, 낮으로 나뉜 자전의 중심선에서
반환점을 돌고 가는 낮달이
노을을 안고 바다 깊숙이 빠졌다가 솟아 나오는
멈출 수 없는 바퀴의 운명을 아는지

오르막과 내리막이 되풀이되는 기나긴 여정
앞서간 발자국을 애써 찾을 필요는 없지
따라오는 시간의 숨소리에 발을 맞추는
오롯이 발바닥 지문에 숨겨진 유전자의 비밀을 찾아
배낭에 매달린 깜빡이 불빛만이 새벽을 받아들이지

뒤축이 한쪽으로만 닳은 신발들
뛰어온 거리만큼 반대 방향으로 달아나고 있어

그러니까

발등만 보고 발바닥을 외면하고 달려온 날들

바람 한 장, 먹구름 한 조각, 소나기 한바탕 담을 수 없는

오늘의 배낭에는 파리한 달빛만 구겨 넣고 가는

날마다 그런 날,

태양은 달리고 있다

드므의 밤

1

칼과 악수를 나누는 밤

초대장 없는 발들은 얼마나 걸어야 양말을 벗을까

당신 반대편에서 지르박을 추는 박쥐들이

꼬리 문신을 감추고 불종거리로 끌고 가는

팔랑팔랑 풍선을 타고 가는 한쪽 다리가 짧은 나비

한 걸음씩 잔발 리듬을 타고 세로수길에서

낮잠을 구걸하는 당신의 입술

일테면, 잔소리로 눈곱을 수선하는 일

어둠이 어깨를 내어 줄 때

발 박자를 죽이며 껍질까지 수거되는 다정하지 못한 하루

하루를 접어 돌리는 손가락 끝에

유서를 써 놓고 왔다는 눈썹 문신들

장미가 놓이는 테이블마다

피로한 거짓말들이 잠꼬대를 하는 겨울밤

>
2
중앙동 88번지 네온이 쌓이는 곳
구멍가게를 도굴한 도둑들이 빨간 티코를 몰고
지르박을 타는 무표정한 육박자들

불조심을 알리는 드므의 뒤태에 이는 바람
새벽을 물고 가는 텀벙한 물메기 한 마리
반 박자 빠른 휘파람을 묻어 놓고
마파람에 입 돌아간 선풍기
울렁증을 안고 휙휙 돌고 도는 이 밤

당신에게 빌린 달방 18호는 공사 중
강물이 마룻바닥으로 멀미를 한다는
다정한 빈말이 손목을 이끄는 드므의 밤

마라토너

처음부터 너무 멀리 달려온 당신은
닻별과 지샌 달 사이로 하나의 점으로 태어나
처음엔 동네 한 바퀴로 시작한 바람이 등을 떠밀어
온 세상을 돌고 돌아온 심장
길 위에 뿌려진 시간의 무게가
신발 속에서 조각난 낮밤을 태우는

발가락이 간지러워 하루가 하루를 더하는 당신 곁에
발바닥 지문을 읽어 주던 푸른 정맥은
월계수 우듬지를 몸 밖으로 밀어내며
여러 쪽으로 나누어 전생으로 달려갔던 발자국

다시, 출발선에서 지구 밖으로 운동화를 던지는 당신은
꿈속에서 마셨던 막걸리가 목구멍까지 차오르는 날
비가 와도 무중력 신발 속에 풍선을 달고
세월의 흔적을 지우는 지평선 너머

어뜨무러차, 또, 다시
몸에서 묻어나는 그림자를 안고
두 발로 당신의 무덤 속으로 뛰어 들어가 소리치는 내일

땅끝에서 세상 끝까지

길 위에서 길을 만들고 길 끝까지

달려 나가는 마라토너 당신입니다

뒤돌아보면

지구가 어느 방향으로 다가오는지 모르는 당신
흔들리지 않는 땅끝에서
푸른 밤을 안고 와서 무서리로 다가서는, 가을

천국의 문이 열리는 순간
어떤 시간은 쪼갤 수가 없어서
탁탁거리는 도마 위 칼날만이 총총
시간의 대파를 썰고 가는, 가을

노른자 터지는 아침 햇살이
풀어진 흰자를 돌라방쳐서
꿈마저 아팠던 기억을 수거하는, 가을

헌 옷 수거함으로 남아 있는 당신
수거되지 않는 상처의 무게로
재활용할 시간도 없이 떠나는, 가을

대파처럼 흰 살의 깊이 드러내는
가는 길이 막혀
여러 번 죽어도 무덤 없는 세상에

저녁까지 햇살이 좋은, 가을

계절이 거주지를 벗어나 붙이는 편지에
어두운 생각이 덧대어 돌아온 날
상처를 치료하지 않고 떠나는
당신의 미래보다 더 좋은, 오늘

전생을 벗어난 피난처에서
상처받은 당신을 살려 준다면
아주 가까운 거리에서 죽을 수 있어서
얼마나 다행한 당신으로 남을지 몰라

두려운 것은 가까운 곳에 머물러
계절 하나는 잘라먹고 가지
만약, 당신이 저녁밥을 먹고 가야 할지 몰라
시간의 방랑자로 남는다면
낙엽을 바라보고만 있어도 좋을, 가을

목발 연가

다리가 짧은 뱀처럼 접질리지 않은 발목이 있다면
어둠이 와도 등불은 필요 없을 거야
배가 땅에 붙은 안정감이란 때론 발칙한 춤사위보다
한때 잘나가는 기차표 흰 고무신보다
지금은 바퀴 없는 타이어들이 얼마나
빠른 속도로 길바닥을 쓸고 다니는지
두 발로 산다는 건 불안의 연속이지

네 발과 내 발이 흐트러지는 반 박자의 무게는
발롱거리는 발가락의 감정이 복받치지
때론 꼼짝할 수 없다는 것이 다행이라서
지탱할 수 있는 어깨를 걸고 땅 아래서
하늘 위로 나보다 빠른 꽃을 피우는 거야
이제 캥거루처럼 모둠발로 뛰어 보는 거야

네 발과 내 발이 다시 만나는 이유는 알지
헐렁한 뼈마디를 맞추고 심장을 울려서
뚝딱 맞아떨어지는 관절의 목소리가
가장 낮은 발바닥으로 떨어지고 있다

다람쥐

일요일은 없다. 월요일도 없다. 해와 달은 언제부터 밤, 낮으로 앞과 뒤를 구분할까? 과거는 있다가 없고, 현재는 없다가 있고, 미래는 눈으로 만지는 것, 요행으로 가는 기차에 사과와 설탕이 막 정거장에 도착했다. 떠나는 사람들은 주머니가 두둑해서 더 불안해 보이는 저녁

새벽에 날아온 운세가 어제와 별반 차이가 없을 때 오늘의 운세를 뜯어고치고 싶다. 목요일에서 금요일로 가는 순간 발가락이 잘릴 수 있어 화요일에 두고 온 신발을 들고 가는 아침

화요일에 태운 밤들이 나뭇가지에 걸리면 오늘 하루도 또 별반 다르지 않아, 문득 생각하다가, 수요일에 태어난 빨간 장미는 열 달 전에는 어디 있었는지, 오늘 핀 꽃이 백 년 후 누굴 위해 존재할지 아득하게 지쳐 오면, 살다가 지쳐서 미쳐 버리면, 행과 행 사이에 그림자라도 밟아 버리면 금요일까지 갈 수 없어, 한 겹 두 겹 쌓여 온 푸른 이끼와 금방 피어난 구김살 먼지를 설탕 주머니에 가득 담는 일요일

구름의 모서리

어둠 속에서 여러 번 어깨가 들썩이던 구름
물기가 남아 있는 바람의 손길이 미쁘다
시간은 언제 죽었는지 비린내를 핥으며 구석구석 얼굴을
내민다
네모난 구름 속에 당신에게 흘러가는 두통을 생각하다가

바람 속을 헤집고 모래밭을 걷는다
한 장 남은 달력이 어떻게 벽을 타고 흘러내리는지
공중에 매달린 시간들
시간 앞에, 시간 속에
시간만이 구름의 모서리를 깨트리는
구멍 난 바람의 갈기를 기억한다
나는
시간이 바람의 의자에 앉는 순간,
구름의 부력과 바람의 무게를 계산하다
어떤 방향도 정하지 못한 모서리
바람과 구름 사이를 비집고 나온 시간이 그물에 걸리면
구겨진 물결 위로 날아가는 새들의 울음을 말려 놓고
새 발자국이 떨어진 거리에서
새들이 품었던 그림자를

주머니 속에서 만지작거렸다

내일은 없을 거야, 바람이 불면

오래된 창을 열고 거미줄 사연을 엮어
창문으로 걸어 나갈 수 있을까
이제, 시간의 길은 차츰 짧아지고 있다
시간의 정거장에서 수많은 갈래의 길들이 빠져나와
가만가만 두통의 시간을 약속하고
눈물을 거래하는 시간
모래시계 시간이 태어난 자리
멀어짐이 모서리를 닮아
한물간 소문을 퍼뜨리지

뛰어가다 오르막이

숟가락을 물고 잠이 든 사내가 있다. 7월의 무더위와 소나기를 뚫고 땅끝에서 땅끝으로 향하던 중이었다. 별빛을 발등으로 받으며 500km를 달려온 그가 숟가락의 무게를 이기지 못해 열반의 경지에 이르게 한, 5박 6일의 긴 밤이 국밥 한 그릇에 묻히고 있었다.

무작정 뛰었지. 오르막이 발목을 잡을 때, 뒷걸음으로 걸었지, 어제와 내일을 배낭에 넣고 깜빡이 불빛만이 우주의 한 점으로 밤이슬을 조금씩 길섶에 뿌리면, 긴 한숨이 발 위로 솟아나 아무리 밟아도 시린 발가락 사이로 삐져나온 소문이 허리를 감고 돌았지.

짧아진 다리가 뒷모습을 풀어놓고 간 자리는 무수한 질경이가 자라고 있다. 나는 진한 향기로도 채워지지 않는 두꺼운 낯짝, 낯짝들이 구름처럼 일어나 흩어지면, 이슬 박힌 눈물을 기억하는지, 감꽃 떨어지는 앞마당 바지랑대 펄럭이는 이불 홑청을 또 하얗게 질리게 하지 않는지.

뒷걸음질 속에는 달그락거리는 그림자의 기억이, 산마루를 굽이칠 때마다 따라오던 슬픔을 짐승의 먹이로 남겨 두고,

아직도 뒤로 걷는 나는 산등성이에 걸린 낮짝 하나를 나뭇가지에 걸어 놓고 왔다.

길에서 찾아낸 돌들의 이름을 기억하는지, 길 위에 길이 있고, 산 넘어 산이 있어 지긋이 바라보는 구름, 바다와 마주하는 수평선을 따라 너의 굵어진 목소리 방바닥에 퍼지는, 그런 날.

돌 하나 던져 놓고

끝에서 끝을 본다. 비명은 짧아야 오래 버틸 수 있다. 비문은 끝에서 끝을 보는 것, 짧게 보아야 긴 여운이 남는다. 어제 한 말은 조금 지쳐 있고 말이 말 같지 않아서 서쪽으로 갈 수 없다. 새들이 쉬어 간 구름의 안쪽에는 푸른 이끼가 머리를 누르고 있어, 돌의 기억은 처진

어깨를 감싸 안아 줄 봄눈을 기다린다. 깜깜한 밤에도 너를 사랑했던 별들을 흔들리는 눈빛으로 받아넘기며, 그래 돌아가야지 돌아보면 잘 보여, 처음에 보이지 않았던 수많은 별똥별이 쏟아져 아버지, 아버지, 아버지의 하지정맥에 얽히고설킨 강물이 발밑에 서성인다. 거미줄에 맺히는 이슬방울들, 찔레꽃 가시처럼 돋아나 새벽바람에 멱을 감는데, 어머니, 어머니, 어머니의 숨결이 아직도 툇마루에 남아 손톱 밑이 저려 오는 한낮에도, 막걸리 한 동이로도 채워지지 않은 갈망을 누구에게도 묻지 않은 우물의 깊이를 두레박에게 던져 주었다.

밤이면 목이 짧은 골목으로 다가선다. 그때를 생각하면, 무덤 밖에 또 다른 세상이, 새 발자국으로 남았을 때 조금밖에 채울 수 없는 한 생의 그림자를 안고 잠드는 곳, 그때 차마 말 못 할 사연은 긴 골목 밖으로 빠져나간다. 오늘 한 줄의 생

을 새기면서 무언가 망설이며 무언가 되씹으며 무언가 괴로
워할 너에게 무언가 주고 싶은 말은 전생에 들려주었는지 몰
라, 나는 관 뚜껑이 무거울지 몰라서, 또 무언가에 망설이다
가, "길이 없으니 돌아가시오." 공사장 안내장을 받을지 몰
라서, 나는 미처 관 뚜껑 닫지 못하고 너에게 달려가 미처 생
각하지 못한 일들 때문에 미치겠다고, 길은 휘어져 있고 달
빛도 없고 돌아갈 끝은 보이지 않는다고 너에게 하소연할지
몰라, 그래도 한 번은 돌아가야지, 돌아봐야지.

　달빛의 무게를 헤아릴 수 없어 좁은 문을 두드리고 왔지.
머리로 이고 온 내 무게는 중심을 잃고 우르르 흘러내리겠
지. 심장에 돌들로 채워졌어. 돌 하나를 꺼낼 거야 꽃비 내
리는 날, 차가운 돌덩이 하나에 비가 오고 눈보라가 쳐도 지
워지지 않는 녹슨 피로 새겨질 돌 하나의 비명, 망설임 없이
소리치는 비명을.

나라지다

꽃길에 잠드는 다리가 짧은 나비
줄지어 선, 벚나무 아래 개꽃, 개복숭아, 산홍이와 명자
그냥 보고 말 건지, 개꿈 진원지를 찾아가
요강을 걷어차는 그런 건 아니지, 그렇지
짧은 생각이 이어지는 새벽
오줌이 차올라서 두 발로 걷기는 너무나도 황홀하지

그런데, 꿈속에서 말꼬리를 물고 가는
끝이 없는 개꿈이란 걸 알면서도
개꽃같이 좋아서 꿈속에서 또 꿈을 꿨는데
처녀 귀신은 늦잠을 자는지 보이지 않고
피 묻은 입술만 삐죽삐죽 내미는 게 너무 착해
오리나무 불알이 늘어지는 산비알에 거꾸로 매달린
지샌 달이 발등에 떨어져 히죽히죽 따라오는데

이별을 꿈꾸는 처녀들은 게걸음으로 걸어도
귀신처럼 제 모습이 그대로 그림자로 남는데
노닥노닥 놀아 볼 날이 그저 개망초로 밟히는데
별생각 없이 뛰는 내내 이렇게 복사뼈가 떨어져야 하는데
오월이 오기 전에 꿈속에서라도 이렇게 그냥 펑펑 울고

빈집

갈대 수염을 잡고 가는 소슬바람이
어금니를 깨무는 밤
바지랑대를 산 쪽으로 받친다
산을 업고 살라고
어둠도 버무리고, 삶도 버무리고
낮밤이 한곳에 머무는 시간
어디를 둘러보고 왔는지 산다는 건
혼이 왔다 갔다 하는 거지

그냥저냥 심심해서 심장을 빌려 쓴 사람들과
밥 한번 먹자는 내일을 약속하고 싶은데
내일까지 빈집에서 잠을 자다 깨어날 수 있을까
금이 갈 만큼 가까운 우리 사이
너와 나는 가끔 싸우네
빈집에서

컴퍼스

끝에서 보고 싶어 한 발로 서서 구름을 본다

구름을 몰고 가는 반지름의 말,

속살이 가려운 중심의 말,

당신의 그림자가 두 발로 매달릴 때까지

눈부처 기다리다 졸음에 겨운 어둠의 갈림길

바람의 행적까지 꼬리를 스치는 인연들

둘이서 하나 되는 동그라미 속,

서로가 서로에게 증명해 주는 시작과 끝

이별이 기울어진 발자국처럼 기다리고 있다

제2부 발꿈치를 잘라 먹는 시간

잘못된 만남을 위한 변주곡 1

먼저 인사부터 할까요?

소개는 여유롭게 시작해서 헐레벌떡하겠어요

아래로 점점 느려지고, 위로 점점 빨라지는 속도보다는 느낌이 중요해요

셈여림의 세기는 알 듯 말 듯 헷갈리는 밀당의 조건이지만

만남을 위한 조표는 늘 이런 식은 아니라서

나란한조로 얽히기 싫으시면 C장조에서 출발하셔도 상관하지 않겠어요

하행으로 생기는 허탈감은 단조롭게 끝날 수도 있으니

만일 당신이 내림표를 많이 사용한다면

더 많은 올림표를 붙여야 할지도 모릅니다

악장과 악장 사이 모르는 물음표를 만나더라도

솔 음에서 중심을 잡아 혓바닥이 천장을 치는 3옥타브 라#까지

가늘고 길게 이별과 만남을 조율하는 연습을 충분히 해 주시고

실수로 반음 처리가 안 된 부분이 있더라도 입은 꾹 다물어 주셔야 합니다

>

이제부터 서로의 얼굴이 몇 마디로 이루어졌는지 박자는 무
시하고 세어 보세요

기본 네 마디에서 시작된 만남이 몇 마디에서 끝나는지를
아는 당신

첫눈이 올 때까지 지휘자로 남을 수 있으니 겨울옷은 꼭 챙
기세요

음정과 리듬 사이 잃어버린 자들의 얼굴들이 무대 위로 걸
어 나오면

당신은 박수에 갈채를 더해 열정의 허리춤으로 맞이하세요

새로운 거짓말들이 협연을 하는 동안 낮은음자리에 앉아 있
는 당신의 목소리가

처진 엉덩이를 받쳐 주는 힘은 오직 오선지 밑으로 깔리는
엇갈린 만남뿐

오늘의 잘못된 만남은 16분 쉼표로 생략하기로 해요

낮과 밤이 상처도 없이 말갛게 쌓여 가는 겨울밤

내일을 두드리는 발 박자는 소리 없이

절박한 신음으로 엇박자를 놓치네요

가끔 김밥과 컵라면으로 때우는 사이라면

못갖춘마디로 시작하는 우리는 쥐코밥상으로
조금 빠르게 뛰어들어 지게 장단에 실려
허구리를 타고 놀다 가겠어요

잘못된 만남을 위한 변주곡 2

　내가 그랬잖아 넌 안 된다고, 그래서 미안해

　긴 머리 음표는 자분치가 살짝 위로 들리게 반음 처리해
주시고
　셋잇단음은 서로 모르는 사이니까 딱딱 끊어서 가닥을 잡
으시고
　잔머리는 걸리지 않게 양 갈래로 따닥따닥 토막을 내서 처
리해 주세요
　미쳐 슬픔을 마시는 밤도, 빗물을 핥기 시작하는 거리의
어둠도
　당신이 돌아갈 때 찾기 쉽게 신발장에 넣어 두면 좋겠어요

　일기예보를 믿지 않는 당신이 객석으로 돌아갈 때
　뒷모습에 걸린 꾸밈음들이 모두 떨어지고
　제자리표가 붙은 당신 앞에 애면글면 딸려 가네요
　침묵으로 연주하는 메마른 손가락이 스타카토 주법으로
튕기면
　얼굴과 얼굴 사이에서 끝까지 무릎을 맞대어 웃어야 해요

　네모난 거울보다 둥근 거울이 서로 아는 사이라서

당신이 보내 준 봄바람에 묻어온 과거가 해포가 지나도록
더 기쁘게 맞이한 몰캉몰캉한 슬픔의 박자를
네 박자로 늘려 주머니에 구겨 넣고
처음으로 돌아가는 도돌이표에게 두 박자를 던져 주고 왔어요

도다리

물 위를 걷다가 한쪽으로 쏠리는 조약돌이랑
밥도 먹고 꽃구경이나 할까 두리번거리다
안쪽 표정은 만질 수가 없어서
입속으로 뱉은 재채기 콧물처럼
자꾸자꾸 눈물이 걸리는데

잠자는 귀신은 바닥에 붙었는지

머릿속을 밟고 지나가는 모래알들이
다정해지는 밤이 오면
어쩌다 일찍 핀 벚꽃들이 뒤통수를 탁 쳐서
어깨가 숙여지는 거리마다 발등에 끌려가는

첫사랑 얼굴들은
사방으로 흔들리며
피고 있습니다

비보호 좌회전

그녀는 달랐다. 그래서 빨랐다.
좌회전은 심장이 가까운 쪽
악수는 필요 없지 원하지 않을 땐

꼬리가 긴 그림자는 보호해 주지 않는다지
밟힌 그림자가 내용증명의 꼬리를 흔들어도
사거리마다 쌓이는 괴물의 눈빛은 깜박일 뿐
블랙박스만이 거리를 쓸어 담지
신용등급은 적색등 아래 짐승처럼 누웠는데

습관으로 풀어놓은 순서는 단순해
그래서 환상은 다음 순서에 끼어드는 것
꼬리만 밟히지 않으면 거짓말은 선물
25시 뉴스는 약속은 따로 하지 않았지만
만약을 기약하는 당신도 괴물

선데이 진해

그날을 잊지 않겠어요
서느런 손을 가슴속 깊이 숨기고
장복산 허구리를 감아 봄물 차올라서
돌아가는 연락선마다 콧잔등이 붉어지는 포구
달그림자 속으로 걸어가서 자몽해진 나는

꽃 멀미 너울너울 치마 사이로
돌아눕는 봄바람이 속살을 간지럼 태우는
떠나간 사랑이 돌아올 때까지
버찌가 까맣게 타오를 때까지
꽃물에 빠져 죽은 네가 살아 돌아올 때까지
미쁘지 않은 나는
죽은 사람의 눈을 감기듯 바람에 입을 맞추네

안민고개 넘어온 이승의 끝과 끝이 머물러
기억의 골짜기를 헤매는 아물지 못하는 배꼽들
너는 내게로 와서 꽃물처럼 잠들 테고
나는 네 먼 산 진달래로 피었다가

꽃비 내리는 날

너랑 나랑 헤어지기 위해 만났던 꽃자리가
꽃 사태로 가라앉은 꽃그늘 아래
분홍, 분홍, 연분홍을 부르다
죽어도 좋을, 선데이 진해

Sea Pearl

두 명의 시인은 어제 스스로 죽었고
한 명의 시인은 조금 전에 내가 죽였다
오로지 느낌 하나로 피새를 부리고
면과 면이 부딪쳐 안면이 구겨져 벽 속으로 들어간
수만 개의 틈서리로 늘어날 때
발 없는 면목들이 다녀간 시장에는
오일장보다도 더 싸고 질 좋은 시어들이
금방 죽는 아가미를 내어놓고
따스한 비린내를 품고 있다

싸고 질 좋은 거짓말이 사실임을 시인하며
시장기를 솥뚜껑 무게로 삼키며
돌아오는 오일장을 기약하는
시詩 요일은 향기가 어두워 시장 바닥을 떠나지 못하는
똥파리들의 발라 먹는 뜨거운 사연을 눈 아래 감추면

너와 나 사이 치신머리없이 각을 잡고 서 있는 면과 각들
코뼈를 납작하게 세우는 일로
우리가 하나가 될 수 없다는 것을 안다
모서리가 많은 옷을 입고 다녀도

상처는 눈부시게 빛날 터

뚝배기 한소끔 넘치는 끌끌한 마음은 춥춥하다 못해

나의 하냥다짐은 다음으로 미룬다

시그널

그때, 나는 너의 다리를 건너 광장 지나 혼자 걷고 있는 여자의 조감도 속으로 외출 중이다. 3월을 지나는 봄밤이 길게 누워 있는 일요일, 남자의 외출은 문지방을 타고

봄날, 개 버릇은 자기 주검에 대한 예의를 다하는 커피포트의 울음

간판이 너무 많은 우리 동네 꽃이 질 때, 미래를 소환하는 기찻길을 따라 집으로 가는 길에는 해바라기 같은 여자의 반사경이 뒤를 보고 있다

너에게 던진 돌 하나가 위대한 사건이 되어 일곱 마리 코끼리가 빨간 버스를 타고 지구를 열두 바퀴 돈다고 해도, 화장지를 말아 쥔 나는 자전거를 타고 적산가옥으로 들어가 허물어지는 노을을 받아 적다가

나보다 네 그림자가 더 미안해지는 봄날

내일 또 내일

어제의 그늘 속에서 허리가 잘려 나간 지렁이가 오늘 흙무덤을 헤치고 남새밭을 갈아엎었다고 합니다. 이 소식을 들은 다리가 긴 지렁이들이 머리를 풀고 햇빛 쏟아지는 광장으로 모이고 있습니다. 종교가 없는 이들은 자신의 무덤 앞에서 창문으로 들어오는 내일을 맞이하며 춤추는 나비와 배꼽을 맞추기도 합니다.

지나간 하루가 아플 때, 산 지렁이는 죽은 지렁이의 그림자를 밟고, 물이 왼쪽으로 돌아 빠진다는 적도 아래로 달려가 반대로 되는 꿈을 한 번쯤은 꾸고 싶어서, 그늘 빛 속으로 빠지는 하루는 돌아누운 꿈들이 저수지에서 빠져나가는 날입니다.

광장에서 사나흘 머문 소문들이 당근처럼 뿔로 자라나서 수직의 파문을 그리며 골목으로 파고듭니다. 다시 살아난 지렁이들의 허리를 봉합해서 토막 난 몸이 더 단단해지는 시간, 어쩌면 저수지 바닥에서 건져 올린 전생이, 가장 오래된 시계로 시간을 맞추는 날입니다.

태양과 몸을 섞는 일개미들도 손목시계를 올려놓고 흰 뼈를 맞추는, 오늘보다 못한 내일 또 내일입니다.

아메리카노

더 이상 설명은 필요 없지. 다 이해할 수 있다고 했지. 하지만, 그래도라는 섬은 여기 없지. 아마도라는 섬은 징검다리로 뛰어넘어 수 없는 섬인가 봐, 꼭 입장 바꿔 생각해 볼 필요는 없지, 짐승들은 안 봐도 다 아는 냄새를 발자국에 남겨 놓고 웃음을 흘리고 다니지, 주머니 속에서 만지작거리는 하루를 눈물로 지울 수는 없지, 어차피는 참 피곤한 말이잖니, 그 말이 또 그 말이고 돌아도 한참 돌아서 오는 말이잖니, 운동장을 돌고 돌다 보면 꼭 반대로 도는 사람과 부딪치는 경우가 드물지 않아, 부드러운 직선으로 가지 못할 때 원심력을 잃어버리는 짚불처럼, 이해는 가지만 이해해서 더 슬픈 이야기를 운동장 열두 바퀴째 돌고 있는 거야, 무슨 거세할 놈을 뭐 그리 오래 잡고 있니, 깡통이나 소주병이나 다 속이 빈 것은 바람이 들어 아니 처음부터 텅텅 비어 있었는지도 몰라, 새들도 다 아는 전설을 너만 왜 눈으로 밟고 있니, 발가락을 조금씩 펴 봐 앉은뱅이가 발길질하지, 제 몸에 박혔던 과거가 알알이 빠져나오는 날이면 무릎을 꿇고 기도를 할 수도 있잖니, 집집마다 비밀번호를 모 아니면 도로 변경하고 신발장 아래 무덤을 파 놓지, 비상 열쇠는 어디에 두고 다니니? 체온이 사라진 각질을 갈비뼈에 감추고 있는 건 아니겠지, 금이 간 지문이 틀니처럼 쉽게 끼워질 때 수술 자국은 더욱 화끈거리지, 금이 간 거울이 울먹이고 화장한 얼굴에 상처가 자라면 절뚝거리는 어둠도 위로가 되지 않아 치근대는 불빛도 그저 저렇게 타고 있을 뿐이야, 그건 예정된 미래가 조금 빨리 택배처럼 경비실에 맡기고 간 거잖아, 송장 없이도 위치 추적은 언제나 되는 거였어, 처음부터 네 주위를 돌고 있었지 너만 몰랐던 건 층간소음 때문이었을까?

이제 바람도 찬데 어쩐대? 뭐 불법체류자로 그 집에 남아 있기로 했대, 조금은 다행이지만 한겨울 눈비는 머리카락을 더 하얗게 비틀거리게 하지, 벽돌도 원래 따로국밥이래 벽이 없었는데 돌을 쌓으면 벽이 된다는 거지 같은 억지가 딱 달라붙어 벽을 넘는 거니까, 이젠 벽은 없고 돌뿐이잖아, 세우지 말고 바닥으로 까는 거야, 가로줄과 세로줄 틈을 넓게 두고 채송화가 아침에 반짝할 수 있게, 난 단단한 두부로 벽을 쌓을 거야 무너져도 발등이 아프지 않게.

이제 제발 그 밖의 질문은 하지도 마, 다 너 하기 나름이야, 이 말 정말 근사하지 않니? 조금은 슬프게 설레기도 하고 지나간 미래가 다시 온다 해도 우리는 믿지 못하는 법률 상식은 하지정맥으로 흐르고 있어, 지나고 나면 꿈이라지만 지금은 생시야, 눈물이 출렁이는 한여름 밀물이 쓸려 오잖아, 가을은 꿈에도 못 볼 거야, 가을 전어가 7월부터 나뭇잎을 갉아 먹으니까, 꿈에서도 너 하기 나름이야, 썩어 빠진 사랑니는 안으로만 곪아, 꿈은 반대라지만 그 반대가 될 확률이 호흡곤란을 불러오지 너도 잘 알잖아, 목구멍이 돌아간 주전자랑 싸운 양철 지붕 아저씨가 지금 중풍을 맞아 왼쪽을 못 쓴대, 남자들은 풍이 다 왼쪽으로 오나 봐 그 아저씨도 옛날엔 오른쪽으로만 놀았다는데 결국 왼쪽을 못 쓰잖아, 그러니까 왼쪽으로 돌아간 건, 누구의 탓도 아니야 수레바퀴가 왼쪽으로 자꾸 쏠려 그러고 보니 네가 좋아하는 말을 내가 다 했네. 운동장에서 꼭 보자. 발 잘 닦고 네 꿈은 내가 꿔 줄게 반대로

차상위계층

바다가 말했다. 더 이상 받아주기는 힘들어,
내 발바닥까지 보여 줘야 알겠니?
먼 바다에서 흘러나오는 노랫소리는 들리지 않아
장화를 벗어 놓고 갯벌로 들어간 새들은 깃털이 가벼운지
울음을 안고 질퍽하게 수렁 속으로 빠져들었지
밀물이 푹푹 빠지는 갯벌은 빠져나올 수 없는 세상이라
바다에서 사라진 목소리를 찾아 울고 싶을 때
춤추는 새들은 짝을 찾아 분홍 손톱으로 편지를 찍어
언제 돌아올지 모르는 느림보 우체국을 찾지

목소리를 잃어버린 파도가 먼바다로 떠나가면
빈 바다는 말간 얼굴을 거두지 못하고 물거품으로 차올라
파랑주의보를 모르는 바다는 주름살을 흘려 놓고
물때표 없이도 찾아가는 수평선에서
얼룩 모자 눌러 쓰고 신발이 없는 물고기를 찾아갈 때
문어발 지팡이로 버티다가 개인회생이라는 빨판이
기울어진 운동장으로 달려 나아갈 때
수심을 잃은 심해어들이 자꾸 목이 마른지
하구언 쪽으로 맴돌다가 호흡곤란 증세로 비틀거리다
목울음에 지쳐 부서지는 물비늘들
해안선을 끌어안고 노래하는 낙동강 웅어를 기다리지

시월詩月

허기진 하현달이 돌아눕는 술시와 해시 사이
아무런 표정 없이 얼굴을 버려두고
전어 대가리에서 깨소금을 다지는 간절기 사이
입술이 계절풍을 물고
술잔에 비워진 마음을 바람으로 채우는 사이

마주 앉은 그대는 아랫도리가 너무 뜨거워
눈 밑이 검은 형광등 그림자를 등지고
복숭아뼈가 썩어 가도록 양반다리 풀지 못한 건
아직도 너를 사랑한 죄로 볼펜 똥을 누이고 있다.

뼈 없는 시어들이 나무젓가락으로 타는 밤
시시한 시어들은 밥풀처럼 넘치는데
그것을 바라보며 환장하게 좋아할 그대는 떠나고
오늘 밤 머리맡에 시 한 줄 묶어 두고 간다는 말은
손가락이 가려워 잠들지 못한다는 거짓말의 변명

젖어 가는 뱃가죽 속에서 퇴고의 꼬리를 흔들며
작두에 볏단 썰듯 잘려 나간 언어의 몸통을 접어
환절기의 통증을 세우는 시간

악어 대가리를 밟고 요단강을 건너는 누 떼처럼
피비린내를 맡아 보는 시월

가려운 머릿속으로 빨려 들어가는 달팽이의 촉수가
네 꿈속에서는 어떻게 시마詩魔로 시달리는지
방광이 발광을 하더라도 깨어나고 싶진 않아
눈꺼풀이 미안해지는 한 시
시시한 시어들만 빌어먹을 아가미를 벌렁거리는 두 시
그림자를 씻어 비밀을 벗어 쓸 게 없는 세 시
혓바닥을 뒤집어 어제 했던 말이 다시 돌아오는 네 시

날개가 떨어진 시어들은 얼굴을 드러내지 못해
문장의 변두리를 맴돌다가 달 속으로 떨어지고
고장 난 종이비행기 몰고 가는 나는,
오줌보가 점점 뜨거워
눈을 감고 자는 피라미 꼬리를 잡고
치아가 고른 악어 입속으로 들어가 눕는다.

치킨 마이크

1945년 미국 콜로라도 양계장에서 대가리가 잘린 닭이 살고 있었다. 주인 로이드가 도끼로 닭 모가지를 내리친 뒤 몸뚱이만 살아서 대가리 없는 닭, 마이크가 다시 태어난 것이다. 일명 겁대가리 없는 닭이 세상에서 대가리가 되어 가고 있었다. 목으로 모이를 먹고 2년을 살다 간 마이크는 기네스북에 올라 주인에게 돈방석을 선물했다. 이 소식을 들은 수많은 대가리들은 대가리 없는 세상을 꿈꾸며 도끼로 내려쳐 수많은 바늘방석에 대가리를 모시고자 했다. 벚꽃처럼 떨어진 대가리 중 딱 한 마리, 11일을 살다 간 럭키 일레븐이 순교자가 되고 마이크는 절대자가 되었다. 도마에서 떨어진 몸뚱이가 움직이기를 절대자에게 기원하며 대가리 없이도 잘 살기를 도낏자루에게 빌고 빌었다. 수많은 대가리가 대가리 없는 세상을 꿈꾸며 모가지를 걸고 도끼의 살점을 파먹는 짐승이 되어 간다.

도끼가 바늘이 되는 날, 대가리 없는 세상,
마이크도 한때는 창공을 가르는 새였다고 크게 마이크를 울리고 싶다.

발자국

천둥 번개가 지나가자 사방이 어둑하다
어스름 타고 내려와 눈물 글썽이는 긴 그림자
유리창에 발자국을 남기고 내 앞으로 걸어온다
창문에 기대어 문틈을 비집고 들어서는 빗방울들

내 눈 위에 내 손안에 내 발아래 잠시 머무는 동안
떨어진 벼락을 수소문해서 문패 없는 집 앞에서
잃어버린 신발이 어떻게 집 안으로 흘러들어 왔는지
어떻게 이별의 속도를 알고 있는지
몇 번이나 손등을 뒤집어 보여 주었다

빗방울들이 모자를 눌러쓰고
종종걸음으로 해안선을 그리는 골목 안
흩어졌다 모이는 빗방울 발자국들
꾹꾹 눌러쓴 흘림체를 닮아 간다

내일처럼

내일처럼 비가 내리면
우산도 없이 걸어가는 그림자
영혼이 빠져나가지 못하는 좁은 골목 안
헌 옷 수거함 속에 잠든 그림자 무게는 허리춤에 걸려요

지금 살아 있나요?
아직 미치지는 않았어요? 정말 미치겠으면 발가벗고 나
오세요
이제는 내장 하나쯤 잘라 내는 것은 아주 오래된 현재라서
살다가 힘들 땐 어제 같은 미래라도 살짝 다녀올 수 있어요
지구의 중심이 뿔 끝에서 꼬리 끝으로 내려와요
뿔이 자라는 방향을 따라가다 보면
날지 못하는 새들이 잠들고 있어요

눈물이 얇아진 새벽 툇마루에 반쪽 달이 눈썹을 자르고 있
어요
감꽃 떨어진 마당을 쓸고 가는 검정 고무신 발바닥이 간
질거려요
별일 없이 빛나는 별들이 낮에는 보이지 않은 것이 다행
이에요

내일은 꿈꾸지도 않고 깨어나지도 않는 꿈들이 뒤섞이면
　아무 일 없듯이 하루가 한 달이 되고 한 계절이 쌓이는 세
번의 보름 동안
　별일 없이 떨어지는 감꽃을 주어다 목걸이를 만들어요
　별이 떨어진 만큼 감꽃도 긴 꼬리가 빛나요

　아주 짧게 떨어진 미래의 과거가 되돌아왔어요
　내일처럼

팔꿈치를 핥다

이 상황에서 어떻게 성욕이 생겨?

불편이 불면으로 불면이 불안으로
불멸의 꽃과 불멸의 밤이 부여잡은 건
일어나지 않은 신기루
방바닥 깊숙이 숨어 있는 겨울밤,
라면만 먹고 갈 순 없잖아
뜨거운 팬티 안, 뱀이 춤추는 건 오랜만이야
그렇다고 꼭 잡고 있을 수 없잖아
뚝배기가 끓어 넘치고 있다

낙타가 바늘구멍을 찾는 밤
발끝에 묻어온 모래알만큼 순정의 실체를 묻고
"평생 소원 한 번만 하고 싶다."
딱 한 번 사정을 까발리는데
아! 무쾌감 사정, 인정사정없는 개인 사정이
새들은 침묵하고 종소리는 들리지 않네

얼마면 종소리를 살 수 있니?
얼마나 더 발을 굴러야 무지개가 땅으로 내려오겠니?

얼마나 많은 밤을 기다려서

눈물을 삼키고 밥물 자국을 짓밟아야 되겠니?

얼마나 더 참아야 온몸이 모래 속으로 빠져들겠니?

밤은 문 없는 문지방을 타고 넘지

팔꿈치도 못 핥은 인간들이 오아시스에 몰려들지

달아난 별들은 우물을 찾고 있지

두레박 끈이 없어도 퍼마실 물을 애타게 부르고 있지

     딱,

       한

         번

           만

흔들

점점 흔들린다.
그림자 무게를 지탱하지 못하는 수요일
어깨부터 떨어진 발자국 헛기침이
돌고 있는 금요일까지 아주 멀어서 흔들
하루 반을 잘라 먹고도 꼬리가 남은 일요일
문득 뒤돌아본 꽁무니에 매달린 한 달 보름을

잊는다.

끝내 잡히지 않는 꼬리처럼 맴도는 월요일 낮달이
입안에 걸린 가시를 우물우물 삼켜 버리는 밤

잊는다.

허리 춤을 추는 빛바랜 심장은 둘이 아닌 하나
뛰어나오는 늦가을 화요일 밤낮에도
꼬리를 밟고 가는 달빛 아린 눈동자
물끄러미 바라만 봐도 흔들리는 토요일
갱년기처럼 찾아오는 과거의 새 옷을 입고
외출 중인 비밀들을

불러 모을까 생각하다
비행기에서 뛰어내린 구름
뚝뚝 떨어지는 무게의 속도를 계산하다

점점 흔들린다.

점점 멀어진다.

제3부 생각을 다시 생각하고

파문波紋

당신의 입꼬리는
시들지 않는
이슬 품은 풀꽃,

밤이면
거미줄이 풀리는 시간
그림자 눈물이,

슬픔을
타전하는 물음표마다
풀꽃을 말리는,

당신의 머리맡에
두고 온 미열
사나흘 머문다.

소금

소금이 설탕보다 더 달다는 것을 아세요?
어릴 적에는 감자를 소금에 찍어 먹었죠
결코 설탕이 없어서가 아니랍니다
벌써 달짝지근한 맛에 중독이 되어 있던 거죠
이빨 사이에서 툭툭 터지는 정결한 울림을 아직도 잊지 못해요

마른버짐이 아지랑이처럼 피어오를 때
아버지는 그 맛을 언제부터 아셨는지
아침마다 한 줌 털어 넣어야 하루가 시작되죠
축담에서 툭 하고 떨어지는 지게 발소리 아직도 생생한데

비탈로 이어진 묵정밭 미끄럼 타던 검정 고무신
누렁소 울음이 타들어 가던 뒤안길 그림자를 안고
차마고도의 워낭 소리에 발뒤꿈치에서 달이 지고
비엘리치카* 광염을 가져다 조각달을 빚었습니다

싸락눈이 꽃소금 되어 장독대 앉은 날
다디단 소금밥을 잊지 못해요
그런데 말입니다
이제는 먹지 못해요

너무 달아서 이빨이 시려요

• 비엘리치카: 세계에서 가장 큰 소금 광산이 있는 폴란드의 남부 도시.

곰보 배추

청보리 눈썹 찔려 찔레꽃 떨어지고 감꽃 피었습니다
남새밭 바랭이도 덩달아 줄기 치며 사립문 열립니다
살강에 찰보리가 튀어나와 부뚜막 막걸리 식초와
내캉 살자며 정지문 열릴 때마다 솔바람 불었습니다

오리나무 물이 차서 찌르레기는 가죽나무 등걸로
한 번의 달구비에 논두렁 터지고 무논은 마릅니다
남새밭 상춧잎 찢기어도 찔레꽃은 피었습니다
8월의 천수답 개구리밥 하늘을 덮어도
미꾸라지가 앞마당으로 올라오는 기적은 없었습니다

짧은 눈물 마디를 토막토막 잘라 먹는 아비는
까마중이 까맣게 익어 갈 때 아침을 건너온
들깨가 흰쌀밥이 되어 욕을 해도
식은 밥 한 덩이 살강에 올려놓습니다

허수가 떠난 논두렁 곰보배추 오들오들 추운데
나락이 베어진 자리 피지도 못할 새싹이 올라와
어린 염소에게 전해 줍니다

\>

술 비 내리는 날, 주름을 풀어놓고
씻나락 까먹는 전설은 아비가 쓰다고
마른 등짝을 보여 줍니다

소나기

스님 가을장마라고 합니다. 오늘 소나기가 오나 안 오나 소 한 마리 걸고 소 내기합시다. 소 한 마리씩이나 그렇게까지 해야 되겠소, 소승은 내놓을 것이 바리때가 전부요 스님의 바리때는 쌀 나오는 구멍 아닙니까? 소 한 마리와 견줄 바가 아니지요, 허허 그걸 어찌 아시오? 욕심만 내지 않으면 쌀이 차오르지만, 소승이 한 끼에 족하지 않고 세 끼를 구하고자 바리때 아가리를 살살 넓혀 드니, 이빨 빠진 개구리 우물로 들어가고 그 뒤론 둥그런 달이 어디로 갔는지 밤에도 볼 수가 없소, 이제는 바리때가 반달이 되기를 기다려서 두레박으로 써야겠소. 스님 혹시 모르니 바리때 물에 담아 불려 보시지요, 허허 아마도 힘든 때는 좀 불어나겠지만, 놋쇠 아가리가 맹물에 배부르겠소.

밥그릇 뒤집어 소나기는 바리때에게 맡기고, 소승과 물그릇 머리에 이고 소나 타러 갑시다.

사바아사나*

―어르신 요가 교실을 보면서

가죽이 뼈가 되어 우는 시간 내려놓은 무게는
애써 버티지 않아도 개어질 것이다

김빠진 허리는 더 이상 졸라매지 않아도 내려가지 않는다
세워진 뼈대는 힘쓸 필요도 없는데
무겁게 내려앉는 것이 밤새 내린 눈 때문일까

쟁기 걸린 목덜미 누를 때 당기지 않아도 활이 되는 것은
화살을 다 쏟아 버린 탓일 게다

떠난 활시위 돌아올 준비는 안 해도 됩니다

들숨에 종아리 걸린 응어리는 구들에 묻고
끊어진 창자 위로 자궁을 품는다
날숨 발바닥으로 깊숙이 내려올 때
꼴깍, 마른침 넙죽 받아도 좋습니다

* 사바아사나: 요가 자세 중 송장자세.

90분

야! 너 90분 후에 죽어. 길게 숨 쉬고 있어. 유언장을 달력으로 쓰지는 마, 3시간도 아니고 3일도 아니고 3개월은 더더욱 아닌, 딱 90분. 환장을 해도 골백번은 하고도 남을 시간, 빠른 건 숙성이 필요 없다는 거지, 마지막 선물 치고는 이건, 해도 해도 너무 감사한 일이야. 길거리 가로수에게 물어 봐 90분 후에 잎이 말라 버린다면 애써 저녁을 기다리지 않아, 영화 속 주인공처럼 빨리 집으로 가고 싶진 않아, 천국의 문이 빨리 회전하고 있어 복상사의 꿈은 천천히 뒷주머니에 넣어 둬,

눈앞이 흐려 보이지 않지만 나를 따라오는 거울이 있는 것 같아, 뒤를 돌아보게 하는 건 아쉬움 때문은 아니야 먼저 간 얼굴이 발목을 잡고 있어, 가는 날이 장날이라면 선지 국밥에 막걸리 한 잔은 던져 주고 싶어, 시간은 쪼개기 나름이지, 90분이면 달나라에 도착할 시간 초속 30km로 짧은 시간은 아니지, 축구 경기를 봐, 3시간은 지루하지 하프마라톤 90분이면 그야말로 절정이야. 그러니까, 90분은 벗나무에 기대어 복사꽃 향기에 취할 수 있어, 조금은 슬픈 척 헛기침 몇 번 해 둬, 모래시계를 다시 세워 봐, 양쪽이 똑같이 남아 있지 그건 봄바람이 불어서 그런지 몰라, 모래알이 생각에 잠기는 순간 어쩔 수 없는 시간의 운명은 짧게 잘라서 버려, 숙제는 조금

은 남겨 두고 갈게, 하지만 숨겨 둔 분노는 다시 묻어 두고 가야 할지 고민이야, 분노는 우리 모두의 것이라면 조용히 거울은 한번 보고 가야겠지.

이제 남은 시간이 날 끝까지 괴롭히고 있어. 꿈속에서 나방의 허물을 벗고 또 이 잠에서 깨어나지 못해 꿈틀대다가 놓아 버린 그 자리, 그 자리에 허둥댄 90분이 헤아릴 수 없는 사연들이 무덤 속까지 뛰어왔지, 착각일지 몰라 하지만 부질없는 것들에 대한 미련은 먹다 남은 밑반찬, 모래시계에 무수히 박힌 별들이 떨어지는 골목, 반짝 빛을 발한다.

말의 그림자

누가 말의 그림자를 밟았을까?

물속에 비친 물의 날개가 가랑비에 젖어 빠져든 봄밤에

문어 대가리들은 문어발 인터뷰에 환장하며 현장을 외면

한다.

실례지만 어디 말씨입니까? 아! 예 저요, 꼬리 말가 18대
손입니다. 그 유명한 말싸움 자손이군요? 본관이 변명이시
죠? 꼬투리가 집성촌으로 말꼬리 잡기 선수를 많이 배출한
가문입니다. 꼬리 말씨가 우리나라 3대 성씨에 들어가죠? 아
예 조선시대부터 줄곧 뼈다귀해장국이었습니다. 그럼 뼈 있
는 말의 무덤과 꼬리 잘린 혀를 찾아서 떠나 볼까요? "잘났
어 정말 내 그럴 줄 알았어" 이런 쉬운 말들은 언제부터입니
까? 산업화 이후 급속도로 퍼진 말로 안으로 곪아 터진 말입
니다. "잘한다 놀고 자빠졌네" 이런 말은 찬양 고무죄로 잡혀
가기도 하고 "알면 다쳐" 쥐들의 망설임에 놀라 자빠집니다.
"늙으면 죽어야지 오늘 죽어도 호상이다, 본전 밑지고 팝니
다" 이 말은 고전적 가치가 있는 말로 요즘 젊은 사람들 새겨
들어야 합니다. "죽 쒀서 개 주네 너 때문이야" 이건 정치인
들의 사명이죠, 윤리강령에도 명시되어 있고 너 때문에 난 죽
지 못해 아주 잘 살아 이런 식이죠, 요즈음 괜찮다 상관없다

이런 말들이 난무합니다. 이유가 뭡니까? 현대사회의 구조적 모순에서 나온 말인데 구조 변경 너무 쉽게 하죠, 한번 죽어 봐야 정신을 차릴까요? 내 탓이요 내 탓이요 너의 큰 탓에 누렁소가 응답합니다. 416번, 느낌 아니까 아래로 끓어 넘치는 진한 국물 맛 멸치 똥 먹어야 할까요?

　글피쯤 멸치 대가리 걸고 딸꾹질 한잔합시다. 개나발!

날개

개천에서 태어난 당신은 하늘을 날 수 없다
오일장에 모인 까마귀들 햇살을 쪼아 먹고
푸른 강물에 숨어든 구름 한 점도 수면 밑으로 잠들었다

개천에서 태어난 당신은 헤엄칠 수 없다
피라미 손톱만 한 갈퀴로 헤매고 다닌 돌쩌귀마다
반백의 머리로 정오의 주파수를 맞추는

하늘 아래 집들은 날지 못한 자들의 무덤
굴뚝으로 타들어 간 망자의 혼이
죽은 자들의 얼굴들이 흔들리고 있다

강변의 집들은 헤엄치지 못한 자들의 무덤
산들이 물속에서 어떻게 숨을 쉬는지
언제 불어 넘칠지 모르는 우기가 오면
물은 뾰족한 강물 위에 발자국만 남기지
사금파리 하나 남기지 않은 흙탕물로
강기슭을 쓸고 간 혈류를 찾아 떠나는 연어

하늘이 고향인 자들의 소원은

거미줄 사다리로 마천루를 만들고
지친 날개로 꼬리를 자르는 일
한 번도 날지 못한 자들이 사는 공동묘지에
영혼 없는 별똥별이 낮게 낮게 날고 있다

어디? 거기?

붉은 가슴을 쪼개고 달려 나가는 달팽이 꼬리를 본 일이 있는가?

자벌레가 문지방을 넘을 때 키높이구두를 벗어 놓고 신발 콧등을 타고 허리를 삐끗해 본 적이 있는가?

흙 꽃을 만들어 내는 지렁이의 눈물겨운 몸부림에 소낙비가 피해 가는 걸 본 일이 있는가?

연어가 댐을 거슬러 죽음을 예언해도 하나도 슬프지 않은 현실에 목 놓아 울어 본 일이 있는가?

장례식장에서 돌아온 망자의 빛나는 생을 나팔꽃 술잔에 담아 본 적이 있는가?

공기 중에 산소만 따로 뽑아 마셔 본 적이 있는가?

간접화법으로 예의를 다해 생의 긴 터널 밖으로 끌고 간 적이 있는가?

>

시팔 시팔 하면서 달빛에 밥을 튀겨 먹어 본 적이 있는가?

밥풀때기처럼 붙어 있는 감정의 찌꺼기들을 심심할 때 설거지라도 해 본 적이 있는가?

이게 다 무슨 상관인지 생각해 본 적이 있는가?

어디? 지금, 거기?

해바라기

꽃을 찾다가 기억의 창고에서
전생에서 잊어버린 추억의 껍데기를 찾았네

천 년이 지난 사람들이
태양의 얼굴을 만지고 있네

뜨거운 입김을 흑백의 시간 속으로
불어넣고 있네

서로를 깨물었던 상처들이 알알이
평원으로 내려와 잠들어 있네

이별의 정거장에서 오래 머물었던
광장의 꿈이 떠나는 슬픔을
추억에게 먼저 던져 주었네

태양의 긴 혓바닥이 기억을 편집하는 사이
나는, 검은 얼굴들을 외면한 채 서 있네

굴절을 읽다

오래 가두어 두었던 그늘이 층과 층 사이로 내려와
백 년 동안의 근심을 풀어놓고 공릉 능선으로 떠났다
오랜만에 만난 소나기를 붙잡고 붉은 울음을 토하는 노을
봉정암 뒤뜰에서 염화미소로 안부를 전하는 금강소나무
오세암 다녀온 흰 구름의 나이테가 울음의 효능을 아는지

어둠을 삼키는 계곡의 통증을 뒤로한 채
생이 통째로 빠져나가는 꽐꽐한 물소리
어쩌면 알 수 있을 것 같은 죄를 씻어
울어 본 흔적을 더듬어 고해성사로 덧대어지는

웃음을 목격한 꽃들이 놀란 얼굴로 기억을 편집하는 날
소문을 벗기는 여자들의 발걸음 소리가 길어질수록
산 위에서 바닥을 내려다보는 굴절의 깊이는 높다

어둠의 힘

그림자의 영혼이 내일과 오늘을 갈라놓지
미닫이문에 꼬리가 잘린 꼬리별도 밤을 세워 놓고 가지

꼬리뼈가 사라진 뒤로 허리춤에 걸리는 허리끈은 안전한지
안전벨트를 풀어 놓고 노는 사람은 자정을 넘기는 사람들

밤의 모퉁이를 밝히는 가로등 아래 장님의 눈동자는 넘
어지고
제 눈을 찔러야 새벽을 본다는 물고기 아가리를 잡고

술잔을 들고 지금은 존재하지 않는 사람을 그리워하는

그때는 없고 지금은 사라진 눈물 잔을 비우는 시간
잠시 떨어지는 해가 꼬리를 말아 올리는

아기가 태어나자마자 세상을 걷고
밀물과 썰물이 어깨를 걸고

돌아가신 어머니가 잠시 집에 머무는 시간
철새는 날아오르고

>

바람 속으로 날아갔던 거짓말들이 돌아오는 시간

오늘의 하루가 길어지면

내일 하루는 잊어버리기로 해요

가을의 노트

아픔이 고향을 찾아서 떠나는 속도는 아리아리하다

전어 대가리가 깨소금 열 단지에 숙성된 감정으로 술시를
잡고
창자가 아팠던 허튼소리는 유리창에 비치며
숨은 그림을 그려 놓고 지구 한 모퉁이를 잘라 내고 있다

수면 안대를 쓰고 달리는 어제와 오늘이 만나는 순간
당신의 혓바닥이 발바닥을 핥고 물컹한 복숭아뼈가 튀어나와
가을을 계산하는 이면지에 부모님 전 상서를 쓰려면
당신이 없는 계절에 살아가는 방법은 이번 생을 다시 소환
하는 일

사망 365명 부상 3,456명, 무슨 문장으로 진단서를 발부할까
청춘의 시간은 굴절되어 마디마디가 아프고
돌덩이같이 불콰한 밤이 불면으로 처리되는
불멸의 시간은 늘 돈내기를 하는지
현재보다 빠른 미래의 몸짓으로 과거의 날씨를 통보한다

맑거나, 흐리거나, 그러거나, 말거나, 그러려니 하거나, 말

거나

　계절은 예비군도 없이 무차별적으로 전투를 벌이는 계엄
군인지

　아파도, 아파도 어디가 어딘지도 모르고 죽어 가고

　생사가 불분명한 비탈길로 안내하는 먼 길에서

　밤거리에 흘러오는 계면조 가락은 더욱 깊어지고

　괜스레 얼굴을 바꾸는 계절은 하늘 흰 구름만 찍어 낸다

　지나간 시간은 대부분 입꼬리가 말린다는데

　붉은 태양을 끌고 가는 일요일의 동공이 둥둥 그리며

　취기가 섞인 바람이 이 거리에서 전봇대에 기대어 서서

　좋은데이 한 병 더 외치며

　한없이 찬란해서 손사래를 치는 밤

햇빛 속으로

사금파리 몇 알 반짝이며 지나가는 정오
저 철길 위 묻어온 바람의 지문을 지우려
선로는 침목에 염을 당한 채 말라 가고 있다

한 번도 체위를 바꾸지 못한 객차의 몸부림
햇볕 따가운 직선의 여정이 잠시 머물다
철로의 간격만큼 퍼지는 햇살이 평행선을 긋는다

철거덕거리며 수평을 잡던 설핏한 이야기들이
우선멈춤 끊어진 시간표 사이 내려앉은 그림자들
이제는 받침목 간격만큼 짧아진 침묵을 안고

꽃비가 내리던 봄날, 곡선의 추억을 그리며
벗나무 그늘 품에 안기는 실바람 한 줌 되어
흔적조차 남기지 않은 녹슨 눈길이 승강장에 머문다

터져 버린 매미 목
매미처럼 울어 보는 기적 소리
햇볕 속을 울리는 정오

벽창호

　벽창호는 고집이 세며 완고하고 우둔하여 말이 도무지 통하지 않는 사람들 중에 삼복더위에도 창문이 필요 없는 인간들이다. 보통 꽉 막혔다는 것을 연상하여 벽창호의 '벽'을 벽壁과 관련지어 생각하기 쉽지만 벽창호는 '壁'과 관계가 없다. 이 말의 한자 어원은 '벽창우碧昌牛'다. '벽'은 압록강 연안에 있는 벽동碧潼군의 첫 글자이고, '창'은 벽동 밑에 있는 창성昌城의 첫 글자다. 벽창우는 이 지역에서 나는 크고 억센 소인데, 이 소는 주인의 말을 잘 듣지 않고 고집이 세다고 한다.

　벽창호는 벽창우가 변한 말이며, 조국이 벽창우를 도살하여 안창살을 발라내는 칼이 기가 찰 검이다.

벽돌의 산책

날마다 길어지는 웅천중로 59번길 국숫발 햇살이 좋다. 앞바퀴 딸려 온 허리가 뒷바퀴에 걸린다. 옹기종기 모여드는 무료 급식소 앞 파마머리 잔물결이 골목길을 메우고 있다.

"아이고 허리야 디다, 올 날도 덥네, 이레 힘이 없어 가 숟가락은 들겠나?"

"할매요 차를 타고 오셔야지, 밀고 오니께 디다 아닙니꺼."

"뭐라카노, 내가 타모 누가 끄노? 요강이 무거워서 타모 빵구 난다."

"벽돌을 두 장이나 실었네예, 그러니까 디다 아닙니꺼."

"할매요 한 장은 할배 베게 하구로 집에 나두고 댕기이소."

"뭐시라카노 영감은 묵고 죽을라 캐도 벌써 가고 없다."

"그라고 차가 헤구버모 앞바구가 들러사서 안 돼, 바람에 날라간다 아이가."

"두 장이 그지그만, 딱 맞는 기라."

"그래예 제가 집 지을라 카는데, 한 장만 주이소."

"뭐 집을 짓는다고?"

"니한테 한 장 빼주삐모, 내는 우짜라꼬."

"저기 돌삐 하나 얹어모 안 됩니꺼."

"싫다. 내는 번듯한 벽돌이 좋은 기라."

"그래 좋으모 할매 무덤에 한 장은 묘비로, 한 장은 상석으로 쓸까예."

"그래삐라, 반듯해서 술 쏟을 일 없을 끼다."

할매가 처분할 수 있는 두둑한 재산, 무거운 벽돌 두 장이
평형을 잡는다

햇살론

나는 지금 햇볕을 즐기고 있네, 조금만 비켜 주시오 알렉산더

겨울바람 잠시 멈춘 한낮 선창가 하늘에서 내리쬐는 햇볕이 따사롭다. 어시장 모퉁이 볕 잘 드는 난전 좌판 가자미들이 뱃살을 태우고, 그 옆에 꾸벅꾸벅 졸고 있는 노인네 그가 디오게네스, 나는 대왕이 되어 신용 등급 벗어난 햇살이 딴전을 피우는 사이 설핏한 눈치로 구덕구덕 말라 가는 서민 대출이 헛기침 사이로 마파람을 피우고 있다.

마수걸이도 못 한 변명이 목구멍까지 차올라 개인 회생 본능이 변증의 상술을 팔고 간다.

제4부 나는 돌아가고

그러니까

기차를 놓치지 말았어야 했다
기적의 입맞춤,

손이 찬 당신은 떠나야 했다
입술만 남기고,

어둠을 삼키는 정거장에는
바람만 남았다.

행간을 읽다

나와 너 사이
너와 너 사이
나와 나 사이
이인삼각 관계라면

멀고도 가까운 두물머리 강물이 얼싸안거나
비가 오거나 갈바람이 불거나
태풍 몰아쳐도 그냥 보고만 있었지
바다가 육지라면에 밥 말아 먹어도
연락선은 연락처만 남기고
상처뿐인 너울 파도를 잘라먹었지

진담과 농담을 섞어 담벼락에 그려 놓고
꿀 발린 혓바닥이 발바닥을 핥아도
바람은 전봇대에 기대어
담쟁이 덩굴손을 잡아 주었네

무지개 피는 산 너머에
빨강과 주황 사이
빨주노초파남보 숨어 있었네

초와 불 사이 촛불이 자라고 있네
파란불과 노란불 사이 눈물 꽃 피네

본적지를 떠나온 것을 기억하는지
목적지를 유목민처럼 옮기는 사이
시래기처럼 말라 버린 생이 얼마나 바삭거리는지
연락선이 오고 가는 사이
사리와 조금의 물때 오는 사이
행갈이로 넘어가는 세월쯤이야
행간 걸침으로 한사리를 돌았네

욕浴먹는 계절

치마끈을 풀어 봐 팬티도 내리고
처음부터 노팬티였어? 사각팬티는 나도 안 입어
원래 하의 실종인데 배꼽티를 입는 문화는 어디서 온 거니
오후의 그림자는 검은색을 잃어버렸대 정말 어이 상실이야
끼리끼리 논다는 말, 망아지야 송아지야
햇볕 속에서 서로 어깨를 부딪히며 울창한 숲속으로
나도 그 속으로 들어가 돌아가고 싶어

왜 다들 벗고 거리를 활보하는 거니
털 없는 원숭이들 고향에 온 거야
나는 가만히 숨을 죽이고 있을 거야
죽음도 이렇게 땀이 많이 나니
허파 하나쯤은 내어놓고
선홍빛 늘씬한 다리들이 하이힐을 신고
내 배를 밟고 지나가게 욕먹을 각오를 하고

누워서 보는 사타구니 참 오랜만이야
궁전의 향수보다 더 진한 숲 내음
빽빽한 음모들이 하늘마저 가려
부끄럼을 감추는 그늘은 배신자로 남을지언정

욕먹기는 좋은 신세

가지 끝에 매복한 바람 한 줌이 기습 사격으로
등짝이라도 갈겨 주면 부정한 시간이 줄어들 텐데
바람의 등짝을 보지 못한 나는
내 등짝을 그녀에 다리에 비벼 볼까 생각하다
욕심 많은 나무에 바람 잘 날 없다기에
선한 욕으로 억수로 기분 좋아지기도 하고

낮잠 자던 새들도 지루했는지 기지개를 켜며
욕 많이 드시고 가시라는 인사를 떨구고
칠월에서 팔월로 날아가는 사이
목이 말라 짖던 개가 다리를 들고 욕을 먹는다

욕 없이 살 수 없는 세월
하고자 하면 못 할 욕이 없는 세상에
욕보고, 욕 쓰고, 욕 받아 주고,
칠월에서 팔월까지 그윽한 쌍욕 받아 가며
백 편 천 편 편백나무 사타구니에 새겨 놓고 간다

멀가중·멀가중·멀중가중*

준비된 사수로부터 최초 250사로 봐
한 눈을 감고 그리움의 영점을 잡은 사수는 떨려
가늠쇠에 떠오르는 눈망울 하나 차마 볼 수 없어
눈을 감고 말았지, 보이지 않은 얼굴에 점 하나를 찍는

빠르게 다가서는 100사로의 차가운 가늠자 눈망울
배꼽 끝에서 두 손을 맞잡고 머리를 숙였지
가까울수록 가벼운 오조준의 사거리는 멀어

어설픈 흉터를 내어놓고 우는 사람과 거리는 200미터
누군지 알 수 있는 조준선 일치의 황홀한 순간
눈 감은 백발백중의 인연이 팔꿈치를 잡아끌면
너와 나의 거리는 배꼽이 맞아떨어져
숨을 꾹 참고 죽을 수 있는 거리
알이 배기고 피가 맺혀 전진할 수 없는 상태에서
잘라 버린 꼬리뼈를 속살을 찾아 눈을 감았지

입사호에서 단잠을 자다 놓쳐 버린 격발의 딸꾹질
사수 사격 끝!
남아 있는 탄알의 한숨이 철걱대는 밤

오조준이 낳은 허물이 는개로 피어올라
내 속에 잠드는 정조준의 눈동자
멀리도, 가까이도, 배꼽도 아닌
발목이 뒤엉킨 바람의 숨소리
멀가중, 멀가중, 멀중가중

* 멀가중·멀가중·멀중가중: 육군 자동화 사격장에서 표적이 올라오는
순서(멀: 250m, 가: 100m, 중: 200m).

11월

단풍이 길을 지우고 갈 길을 꽃 등불을 피우는 저물녘
어둠 속으로 떠나는 생의 책갈피에 은행잎 하나
떠나는 당신의 뒷주머니에 찔러 주는 이정표 한 장
가을은 다시 올 거고 나는 다시 외로워져서
손가락으로 눌러 쓴 엽서 그리워서 울어 본 날
돌아보지 못하는 당신에게 보내는
모두 다 사라진 것은 아닌 달*

나뭇잎이 제 몸을 태워 꽃 등불이 사방으로 터지는데
이별은 흩어진 추억 말없이 받아먹다가
어둠 속으로 밀려오는 나잇살을 주춤주춤 세어 보는
밤의 불안은 언제부터 나와 함께했던가?

불면을 안고 자는 사람들은 불안이 입술을 깨물어
꿈속에서도 불편한 체면이 문지방을 넘어오면
낙엽을 쓸고 가는 바람은 마른 햇살에 몸이 가벼워
쑥부쟁이 송아리도 마른기침을 하는

허수아비 한 생이 머물고 간 텅 빈 들판
누구를 불러야 할지 모른 채

가로등 그림자를 밟고
음주 가무 검문 중이네

* 모두 다 사라진 것은 아닌 달: 인디언 달로 11월.

보고 싶은 오빠

벌써 30년이 지났네, 오빠, 불모지 작업을 하던 서울 오빠
가 지뢰를 밟아 긴급 후송하던 날, 그리 울던 산 까마귀도 울
지 않았는데, 전입 온 지 2주도 안 된 이등병이었던 그 오빤,
왜 발목지뢰를 손으로 눌렀는지 몰라, 어리둥절해서 발목을
찾던 공 병장이 목줄을 놓아 버렸지, 그날은 바람도 몹시 불
어서 717OP에 헬기도 못 떠서 들것으로 독사계곡까지 날랐
던 그날, 기억해 오빠

일주일 내내 불려 다녔던 1소대장 하 중위가 수류탄을 소
초 복도에 던져 난리가 났었지, 그래도 그 오빠 안전핀은 뽑
지 않아서 불행 중 다행으로 일주일간 완전군장 순찰만 돌다
가, 군단 보충대 소대장으로 가면서 황금마차 편으로 크라운
산도를 한 박스를 보내 주었지, 크림 산도 맛은 아직도 못 잊
어 오빠, 혓바닥으로 감기는 맛이 첫 키스의 맛이라며 반쪽
을 이빨 없이 나누어 먹던 권 상병, 그 오빠 보길도가 고향이
라 고향엔 올빼미가 없다며 찾고, 잠자를 외치며 경계석을 쌓
다가 멧돼지에 놀라 오줌을 지렸지, 의무병 손 일병이 군견
과 놀다가 손가락을 상납하고는 건빵은 쳐다보지 못하는 상
병으로 특진을 하고 개보다 예민하게 눈치가 발달했다는 걸
그때 알았지 뭐야.

>

요즘은, 꿈에 방독면을 쓰고 달리는 군화 발소리에 새벽잠을 설치곤 해 오빠, 눈물인지 콧물인지 손바닥으로 삐져나오는 소리를 입술로 핥아 가며 이건 꿈이야 그때 꿈은 생생한데, 지금은 눈앞에서 보고도 잡을 수 없어서 코만 벌렁거리고 있어 오빠, 가끔은 생시가 꿈인 듯해서 바람에 기댈 수 있는 여유도 생겼어.

그때가 좋았다는 말 기억해 오빠, 지금도 좋은 때는 내가 없을 때라서 한 손으로 코 풀기는 뭐해 가고 오지 못한다는 말은 예전엔 미처 몰랐다는 노랫말처럼, 시간이 방상 내피처럼 누렇게 변해 가고 철조망이 녹슬어도 오빠들이 써 준 연애편지를 반합 속에 깊이 감추고 살고 싶어 오빠, 동짓달 사타구니에 두 손 모아 비비고 말리고 귀때기를 마주 잡고 최후의 5분을 떼창하던 독사 같은 오빠들이 밤이면 보고 싶어 미치겠어, 오빠 우리 언제 산 까마귀 날개 펴면 반합 뚜껑을 열고 불콰한 얼굴로 천둥벌거숭이로 철책선 넘어 감호호수까지 뒹굴어 봐요.

그러려니 하고 산 세월이 너무 아까워 오빠, 반백이 넘어서도 내 마음은 아직 쪽빛인데 지나가는 개들도 웃음을 짓지 않네, 한쪽 다리를 들고 오줌을 서서 싸면 개들이 발등을 핥고 지나갈까 나도 집 찾아가기가 이제는 쉽지 않아, 오빠도 가끔씩 영역 표시는 해 두고 다녀 알았지.

나막스

시는 내면적 해방의 대명사
혹은 선택받은 자들의 꿈이자 저주받은 양식
너, 시 막 쓰지 마라
영혼이 없는 이 땅에
구원의 순간이 오면
절망과 창조의 눈물이
강물처럼 굽이쳐 흘러도

한 줄 시,
팔아서 술 한 잔 살 수 있다면
이 세상 소풍 끝나는 날
비닐 날개를 달고 지옥과 낙원을 왕래하며
아! 순수하지 않은 문자의 파편들이여
독백의 목소리가 아무 일 없는 듯이 내게로 돌아와

사특함이 없이 뿜어내는 붉은 피로
세상을 구원하지

나, 시 막 쓰지

사랑을 미워해

악어 눈썹 휘날리는 점분이에게 한번 물려 보지도 못하고
아카시아 껌이라도 질겅질겅 씹어 부치지 못한 열두 통 편지
생머리가 어깨까지 나풀거리는 민숙이와 한번 뒤섞이지도
못하고
펜팔로 주고받는 정미와 첫눈 오면 만나자고 약속을 해 놓고
폭설이 도착하였는데도 눈사람도 못 만들고
군대 갈 때 울어 주는 여자는 이종사촌 연희뿐이었고
위문편지는 보육원 상철이가 보낸 지렁이 두 마리만 키우
다가
영이를 만난 건 역전 비닐 막걸리 통술집, 간이 배보다 조
금 커진 뒤
물불을 가리는 청첩장이 도착하고 말았습니다

사랑이 뭔지 모르는 시절에 사랑의 기술은 사치라며 나를
외면했고
사랑은 쓸쓸하고 무섭다던 재덕이도 멀리 사라진 지 오래
되었습니다
사랑을 모르는 사람은 사랑을 미워해서 괴로울 때면 떠오
르는 얼굴을
면도칼로 도려낸다는 종만이는 아직도 첫사랑 사진을 간직

하고 있습니다

　그러나 지금은 멀리 사라진 그대를 생각하며 어깨를 떨구는
　두터운 사랑을 미워해서 오래 남아 있는 슬픔이 떨어집니다
　올겨울도 첫눈이 온다는 소식은 멀리 있습니다.

빈방

비린내 나는 선창가 여인숙에 몸을 심었네
고구마 싹이 묵는 방에 발을 묻어 싹을 틔우네
황천 주의보가 퍼지는 울음이 슬금슬금 숙박부를 뒤지고

갯바람은 창문에 기대어 해송처럼 서 있네
이 밤, 담쟁이덩굴이 되어 바닥으로 기었다가
늙수그레한 담장을 슬그머니 넘어 장승처럼 서 있을까

돌아눕는 너를 꼭 잡아 줄 덩굴손으로
너를 꽉 잡아 주지도 못하고

고요한 봄날

—김득신 〈야묘도추夜猫盜雛〉

봄 병아리 다섯 마리 햇살 아래 모여 놀고
마루에 앉아 영감은 발을 엮고 아낙은 햇살 깁고
고요를 깨트리는 검은 들고양이가 재빠르게
병아리 한 마리 물고 달아나네
화들짝 놀란 어미 닭, 고양이 쫓아 날아오르고
아낙은 발을 굴러 마당으로 맨발로 뛰어들고
영감은 곰방대로 고양이를 내리치는데
돌아보는 고양이 멀건 눈에 탕건이 떨어지네
발 없이 몸만 딸려 와 발은 공중에 걸리고
먼저 떨어진 집게발 발대가 영감 발을 잡아 보는데
집게발도 손끝이 모자라서 실패만 동동거리네
담장으로 뻗어 늙은 감나무도 고양이를
잡으려고 가지를 아래로 뻗는데
붓끝에 앉은 봄눈들이 도둑고양이 꼬리를 말아
하늘로 올라가네

그냥

젊은 사람 산호山戶는 지붕이 부드럽다지
산호에 살면서 늙어 간다는 거지
아카시아꽃, 찔레 순 먹고 밤새도록 놀던 때가 추지다
한 생이 갈아입은 한 벌 옷이 푸르고 누렇게 말라 가는데
해마다 새 울음은 자장가로 귀에 붙어살았지
청명 한식 그대의 산호에 들렀다가 소주 한 잔 부어 주고
빈 병처럼 엎드려 한참을 울었지, 그냥 울었지

우리들의 마지막 얼굴

귀신을 닮은 그림자가 문지방을 넘어오면
아무리 혀를 내밀어도 코끝에 닿지 않는 짧은 혓바닥을 가진
털 없는 원숭이로 살다가 옷 한 벌 걸쳐 입고
꽃무늬 천장이 높이로 벽을 마주한다
사람과 신
합방이 이루어질 수 없는 찰나의 순간

말문을 닫는

말 못 할 어두운 사연들이 어떻게 쌓였는지 산 자들은
얼굴도 없이 말문을 여는,
손바닥도 들어가지 않는 방바닥과 등바닥이 사이로
침묵의 전파를 타고 온 죽은 자의 말들은
마지막 얼굴은 어떤 모습일지 몰라서
마지막 숨을 크게 내쉬고
불면의 밤을 기다린다

나는 돌아가고

나는 당신의 꿈속에서 당신을 첫 대면한다. 당신은 이미 일곱 명의 아이가 있다. 나보다 먼저 생겨난, 말하자면 나의 누나들이다. 나는 속으로 웃는다. 멍청한 아버지 그건 아버지의 의사가 반영된 것이 아니다 하지만 당연한 일이다. 내가 생겨난 것은 벌써 오래전 일이니까

당신은 힘들게 몸을 일으킨다. 집으로 돌아가겠다고 길을 나선다. 등 뒤에는 일곱 명의 아이를 그리고 왼팔에는 나를 안고 천천히 걸어 신작로를 찾아 버드나무 그림자를 따라간다. 낯설지 않은 공간이다. 내가 타고 떠돌던 그 달구지 길이다. 안에서 배내 송아지가 어미 소를 떠나 새로운 길을 간다. 그러고는 소스라치게 놀란다. 나는 다시 한 번 실수를 저지른 것이다.

당신은 무서워서 울고 있다. 이를 어쩌면 좋단 말인가, 하필 이런 아기를 낳게 된 것일까? 이 아이를 온전하게 기를 수 있을까? 눈이 이마에 박힌 아기를, 벌써 송곳니가 튀어나온 아기를, 이를 어쩌나 차라리 이 아기가 죽는다면 저도 나도 홀가분할 텐데

당신은 눈을 감고 내 목을 누른다. 나를 버리고 나로부터 벗어나려는 당신의 의지가 전해진다.

>

나는 왜, 그 나루터에 서 있는지 거기가 어디인지 나로서
는 알 수가 없다. 비 온 뒤 강물은 불어 있다. 또 비가 온다.
당신은 주막집 처마 밑에 서 있다. 나는 나룻배를 타려 한다.
나룻배의 몸을 빌려 당신이 처녀 때 살던 집, 그 집 뒷산에 빽
빽하게 서 있던 대나무를 보려 했다 어떻게든 당신이 내 쪽을
바라보게 해야 했다. 나는 강물로 뛰어들어야 했다. 풍덩, 나
는 쉽사리 가라앉지 않는 돌덩이가 된다.

당신은 꿈속에서 꿈을 연속으로 꾸기 시작한다. 당신이 꿈
꾸는 편지는 배달되지 못한다. 나는 또 안간힘을 쓰며 다른
시도를 한다. 당신을 물속으로 끌어들여야 한다. 뱃머리에
용머리를 달고, 울고 있는 당신의 눈물을 끌고 와야 한다. 나
는 도저히 강물의 부피를 당신에게 설명할 도리가 없다. 모든
물고기는 물고기, 모든 나무는 나무, 그것이 물고기가 아니
고 나무가 아님을 송아지에게 확인시켜 주어야 한다.

내가 이상한 아기의 형상으로 당신의 꿈속에 나타난 날,
당신은 새벽에 식구들을 흔들어 깨운다. 이상한 꿈을 꾸었
어, 이상하게 생긴 아기를 강물에 던져 버렸어.

나는 다시 어찌해야 할지를 모른다. 마지막으로 남은 내
생명의 에너지를 집중하여 천장을 바라본다.

어디서 왔는지? 어디로 가는지? 내가 온 것과 내가 갈 곳

을 혼동한다. 내게 있는 모든 느낌과 형상과 생각들이 다 흩어지기를 기다린다.

나는 돌아가고 영원히 돌아가야 한다.

남자는 어떻게 태어나는가?

타잔이 타고 넘는 나무줄기와 짧은 팬티
그리고 짧은 칼 하나 갖고 싶었네

던지면 그대 심장에 바로 꽂히는 칼
짧은 칼의 미소를 보고 싶었네

대장장이가 맨주먹으로 두드린
뭉툭하지만 한때는 예리한 칼

숫돌에 스으윽 한 번만 왔다 가면
퍼런 파도가 춤추는 칼
물 한 모금 뿌려도 금세 새싹이 돋아나는 칼

칼자루만 잡아도 고등어 대가리
갈치 꼬리 딱딱 떨어지고
갯장어 배가 한일자로 짝
갈라지는 먹줄 같은 칼

파도가 숨 쉬는 시퍼런
칼 한 자루 갖고 싶었네

고무신은 닳아 있다

　이런 날은 일기를 써서 유산으로 남겨 두고 싶다. 자리끼
가 사라진 자리에 스마트폰이 웅덩이를 만들고 있다. 먼동이
트기 전 하늘은 산을 업고 와서 고단한지 붉은 눈시울로 주름
진 거죽을 서서히 펴고 있다. 동공을 깨우는 알람이 손톱을
세우고 달아난 양말을 찾는다. 오늘부터 따라온 그림자들이
주름을 잡고 있는 방 안의 너울 파도, 털 없는 원숭이가 팔이
아무리 짧아도 안으로만 굽어서, 등과 마주하지 않고 왜 꼬
리뼈는 자라지 않는지 사랑하지도 않는 사랑니는 통증만 주
고 아픔 비용을 누구에게 물어야 할지, 즐거운 사라가 구속
되어도 꿈속의 체위는 왜 변하지 않는지,

　도마뱀은 스스로 꼬리를 잘라 놓고 꿈틀거리며 눈물을 흘
렸을까? 지렁이는 몸통이 두 토막 나도 분변을 토하며 잘린
몸통으로 한가로이 땅속, 복사꽃을 피우고 있을까? 정오가
되자 일요일의 남자들은 전국을 쓸고 간 거실 바닥에 흘러
간 옛 노래를 뒤척이다, 진짬뽕의 진한 국물만 남기고 건더
기만 후루룩 마셔 대다가, 머리가 무거워지는 이른 저녁 멍
하게 돌아가는 종편 채널의 바람개비 풍선이 장막을 치고 둘
러보다가,

　밤이 되면 새들이 낳은 알보다 더 강한 껍질 안에서 파도를
삼키고 온 항로의 표적이 바다를 돌고 돌아 수평선을 긋고,

철로 변 구멍가게는 빛 좋은 개살구 평상 아래 쑥쑥 자라지 못한 꼴뚜기 뒷다리를 물고 있다. 인류 최고의 날은 기대하지도 않았는데 새로운 돌이 마구 벚나무에 뭉글뭉글 매달리고, 이런 날 나는 뭔가에 홀려 흔들리는 골목길을 찾아 왕대포, 국밥집, 지짐이집을 누비다가 박장대소하며 명태 아랫도리를 뜨겁게 달구고 눈알 빠진 대가리가 젓가락 없이 들어 올리는 한 잔이, 웅숭깊은 밤으로 빠지는데 사거리 잠들지 않는 신호등이 허리띠를 풀어 놓고 깜박깜박 내 눈과 시비를 걸다가,

새벽이 길어지면 깜지에 실리는 새하얀 전설들, 내일이면 들어설 수 없는 대문에서 서성이겠지. 닭, 소 쳐다보듯 한숨이 길게 늘어지는 날, 음~메 하고 새처럼 날고 싶은 저 닭들은 달걀이 깨어지지 않는 비밀을 모를 거야, 인류를 위한 이타심으로 짝짓기 철마다 들려오는 아름다운 비명 소리, 구름 위에 쓰는 텅 빈 숫자들과 빈 하늘에 머리를 숙이는 바람은 꿈을 숟가락으로 퍼먹고, 촛농처럼 끈끈한 정액의 비린내가 고무신을 타고 두 마리 치킨, 한 마리 민족 배달 위해 달걀 한 판 품는 그런 밤

Okay

봄눈이 내렸다. 가을이 서쪽으로 가는 해를 따라 겨울까지 갈 수 있다면, 꽃눈을 숨기고 옷깃을 세워 겨울로 떠나고 싶다. 해가 저무는 저편에도 차가운 바람이 숨 쉬는 곳, 부리를 깃털에 묻고 한 발로 얼어붙은 강가를 더듬어 강물을 풀어놓고 간다. 갈퀴를 세워 걷던 작은 호숫가 편의점에 들러 꿈 발린 햄버거라도 사 주고 싶어. 난 날아 본 적 없는 박제된 날개로 더 이상, 동상이몽은 없어, 언젠가 어깨가 다리까지 내려왔을 때 새벽잠을 설쳐 늘어진 하품이 봄바람을 품었다가 감기에 걸려 기침을 쏟을 때, 밤을 지새운 달을 주차장 밑으로 밀어 넣었을 때, 고요함이 출구를 찾지 못해 빨간 눈을 굴리며 삐이익, 삐이익 울릴 때, 불거진 창으로 묻어 나온 어둠이 등 뒤로 다가설 때, 혼자 먹은 밥이 무서워 TV를 보다가 유리창에 비치는 불빛을 바다 건너에서도 잘 볼 수가 있을까? 걱정했지, 하지만 그건 투명해서 알코올로 닦을 필요는 없지, 한 번씩 찾아오는 짧고 굵은 조울증이 있어 함께하지 못한 육두문자를 퍼마시고 있지, 긴 밤을 어디쯤에서 반으로 나누어 가질까, 배신은 철 따라가는 솜털 구름 같은 것, 새벽비 흩어진 빗방울 개수만큼 수를 헤아리고 있어, 다리의 길이와 시간의 깊이를 천장에 풀어놓고 V자형 어깨를 하늘에 펼쳐 떠오르는 가슴을 누르고 머리로 받는 건, 날아갈 수도 따라갈 수도 없어, 문지방을 넘어온 젖은 날개도 철길 앞 횡단보도를 건너는 시간, 점멸 신호등도 심방의 주파수 속으로 날아가는 거지, 내가 너에게 보이지 않는 그림자를 넘겨주고 싶지만 나누면 나눌수록 초침은 가슴을 찔러 늘 미안해하는 거지, 그래도 너무 늦지 않게 하늘에서 두레박을 내려보내 주는 거지, 이 정도면 문자로 주고받은 마른침을 삼키고 남은 침의 파편은 얼굴 위로 떨어지는 거지. 분침은 바빠서 어떻게 방 안을 돌고 있는지 창문이 소리 없이 열리고 닫히는 건지, 시침이 시침을 떼고 돌아와도 한 번의 겨울, 한 번의 천둥 번개가 비염을 앓고 환절기 콧물을 향수병에 보관한다는 거지, 오늘 밤 진달래가 달빛에 기대어 반백의 그림자를 태우며 뜨겁게 잡고 있다는 거지, 거지 같은 Are you OK? 버터덩어리 발바닥에서 말라비틀어지는 소리, 으악! 왜가리가 파랗게 질려 콩나물 대가리를 물고 간 거지, 서럽게 울고 싶을 때가 있다는 것은 어둠 속 허공이 심해의 소용돌이를 찾아 끝까지 숨 쉬고 있다는 거지.

목이 긴 봄밤이, 짧은 다리를 찾고 있다.

배냇소

빛바랜 사진 한 장이 아버지를 말하는 시간
어둠을 타고 온 마른기침이 방바닥으로 쌓입니다.

배메기로 얼룩진 반백의 생이 잠기는 살구나무 아래
지게에 실리는 무게만큼 짧아진 다리로
풋바심으로 심었던 단감나무 우듬지는 굼뉘를 타고
낮은 굴뚝에 걸리는 무서리로 앉아 있습니다.

용두레로 퍼 올린 물이 천수답에 들어가는 소리가 천지를
진동해도
　빈손으로 주머니를 뒤집을 수 없어
　글썽한 눈망울 던져 주고 고삐에 끌려가는 송아지가 되었
습니다.
　그때의 슬픔이 코뚜레를 뚫고 보늬를 벗기지 못한 덤덤함이
　구들장 밑으로 아득히 파고들면 황소 울음이 청솔가지를
태웁니다.

　그을린 그림자마저 처마 끝에 매달리면 까치밥 똑 떨어지
는 소리
　대팻밥처럼 쌓인 뒤꿈치 굳은살은 호롱불 태우고

고삐로 연결된 조각달이 얇아진 뒤주의 뱃살을 당기고 갑니다.

지금도 당신을 이해하지 못한 세월의 슴베가 헐렁한 가슴에
숨었다가

툇마루 요강 단지에 혼자 뜬 달이 사립문 열고 당산나무에 걸
립니다.

버들강아지 강바닥을 탁탁 치고 가는 얼음 속

부지깽이 타들어 간 먹먹한 그을음 쌓이는 밤

쑥부쟁이 바지게에 한 아름 쟁여 놓고선

월~얼~ 미, 월~얼~미 목 놓아 부르다 지친

씻나락 까먹은 전설은 아비가 전생에 쓴 축문입니다.

산 자의 무덤 1

오늘은 무덤 속에서 아기를 안고 종이 인형처럼 걸어 나왔지
생生과 사死, 사이에는 어떤 우연의 빛이 살고 있을까
입구가 환해지는 무덤의 숲속에서
나는
몇천 년을 천천히 보냈다
청동거울은 내 그림자를 밟고 갔지
바람의 날 선 비명은 발바닥을 핥고 갔지
거북이를 구워 먹었던 성자들은 별이 되었다지
나도 그중에 별 하나가 될 수도 있었겠지만
수많은 별들 중에 풀꽃 같은 별은 없어서
축제가 끝난 뒤 모닥불로 남았지

텅 빈 들판을 지나올 때
차가운 말 울음소리가 지금도 몸속으로 다가오지
무덤 속에서 눈동자를 열고 보았던
바깥쪽으로 걸어가는 그림자를
한 아이의 울음을 받아 내며
그림자를 따라가지

산 자의 무덤 2

광인의 일기장을 훔쳐본다
출산일, 비가 와도 맑음

풀밭에서 맨발로 놀다가 아이를 낳았다
아이를 풀밭에서 씻기는데 무덤 관리인이 소리를 지르며
생生의 빈자리를 빨리 치우라고 했다

당신의 무덤도 아니면서
죄가 많아 죽어도 영혼이 없는 아이에게
죽음을 향해 달려갔던 순장의 꼬리별
맨발들이 빗방울처럼 떨어져 쌓인다

아이를 낳아 본 남자와
아이를 안아 본 여자가
무덤 앞으로 다가선다
관리인 눈을 피해
빗방울의 눈을 피해
생의 안쪽으로 연결된 무덤 속
본적지를 찾아가려 한다

>

죽음의 밝은 빛이 안쪽에서
바깥쪽으로 걸어가고 있다

빈방을 내어 주는 시인

이병철(문학평론가)

　시인은 늘 새로움을 추구하는 존재다. 단조로운 일상은 그런대로 견디지만 정신의 권태는 견딜 수 없는 자들이다. 매일 흰밥에 된장국은 먹어도 어제와 같은 눈으로 대상을 바라보는 짓은 할 수 없다. 시 쓰기란 세계 재편의 열망에서부터 비롯되기 때문이다. 세계가 재편될 때 시인 내면에도 큰 변화가 일어나 결국 자기 존재의 운명마저 전환하는 혁명이 바로 시 쓰기다. 시는 낭만적 혁명과 모반의 가장 아름다운 총칼이다. 익숙하고 상투적인 것을 거부하면서, 고정된 의미들과 불변처럼 보이는 대상의 본질을 전혀 뜻밖의 것으로 바꿔 내는 일이 혁명가로서 시인의 의무다.

　그러므로 시인은 매일 반복되는 일상을 매일 변화하는 감각과 사유로 살아야 한다. 보편 다수에 의해 확정된 의미를 그대로 수용하는 대신 격렬히 그것을 거부하며 새로운 의미를 발견해 내야 한다. 나뭇잎은 초록색, 바다는 파란색, 일곱 색깔 무지개라고 하는 상투성과 확실성의 세계를 향해 주먹을 뻗으며 끊임없이 싸워야 한다. 평범한 것, 사소한 것, 소외된 것을 특별한 대상으로 격상시켜야 한다. 남이 보지 못한 것을 봐야 하고, 붉은 장미 꽃잎에서 창백한 푸른빛을 읽어 내야 한다.

안창섭은 권태로운 일상을 살아가는 수많은 중년 남성들 중 한 사람이다. 지극히 평범한 보편 시민이다. 그러나 시인 안창섭은 다르다. 상투성과 획일화에 대한 모반의 피가 뜨거운 사람이다. 시로 세계를 재편하려는 열망이 들끓는 혁명가다. 항상 새롭고 낯선 것을 향해 정신과 감각이 기울어지는 어린아이다.

"구겨진 물결 위로 날아가는 새들의 울음을 말려 놓고"(「구름의 모서리」)라든가 "갈대 수염을 잡고 가는 소슬바람이/ 어금니를 깨무는 밤"(「빈집」), "첫사랑 얼굴들은/ 사방으로 흔들리며/ 피고 있습니다"(「도다리」), "난 단단한 두부로 벽을 쌓을 거야 무너져도 발등이 아프지 않게"(「아메리카노」)와 같은 문장들은 저마다 구름, 밤, 봄, 벽에 대한 매우 낯설고 감각적인 해석이다. 대상을 새롭게 바라보려는 시도, 발견된 적 없는 의미를 찾아내려는 집요한 천착은 모두 남다른 상상력을 동력으로 삼는다.

안창섭의 남다른 시선과 세계 재편 열망은 평범하고 사소한 일상 풍경을 전혀 새로운 시적 순간으로 바꾸어 내며 특별한 미적 가치를 창출한다. 보들레르가 말한 근대성은 일시적이고 순간적이며 우연한 것에서 영원성을 끌어올리려는 정신이다. 일회적 사물들, 휘발하는 순간들, 소외되고 버려진 것들, 나아가 인간이라는 한계적 실존이 잠시 뿜어내는 광휘의 아름다움을 예술의 영원성 안에 담아내는 것을 보들레르는 모더니티로 보았다. 안창섭 시인은 일상의 우연한 순간들에서 아름다움을 추출해 시라는 유구한 예술적 표현 양식으로 형상화해 낸다.

이처럼 해석과 은유, 상상력을 통해 낯설고 새로운 미학을 제시하는 그의 시 세계에는 몇 가지 중요한 특징이 있다. 첫째, 초월성이다. 이 시집을 일관성 있게 관통하는 힘은 현실 초월에의 의지다. 시인은 현실 세계를 갈등과 반목의 디스토피아, 또는 잠시 거쳐 가는 중간 기착지로 상정하고 초현실적 시간과 공간으로의 이동을 끊임없이 시도한다. 이 현실 초월에의 의지는 시집에 자주 등장하는 '날개'라는 상승 이미지를 통해 더욱 분명하게 나타난다. 둘째, 우연과 혼돈 그리고 예측 불가능성의 수용이다. 그는 지식과 과학이 이룬 근대 문명의 확실성을 향해 반기를 든다. 그리고 이 세계와 인간의 삶에는 그 무엇도 정해진 것이 없음을 역설한다. 셋째, 타자지향적 세계관과 죽음 수용의 태도다. 시인은 인간을 비롯해 동물, 식물 등 자연 대상, 심지어 망자의 혼령과도 기꺼이 관계 맺는다. '나'를 비우고 타자를 수용함으로써 그는 옥타비오 파스가 말한 '치명적 도약'을 이룬다. 이러한 시인의 탈자기중심적 태도는 '나'의 죽음마저도 자연의 질서로 편

입되어 새로운 탄생을 예비하는 과정임을, 자연과 우주의 일부가 되는 통과의례임을 받아들이게 한다. 이제 위에 언급한 특징들에 주목해서 안창섭의 시 세계를 차분히 들여다보자.

1945년 미국 콜로라도 양계장에서 대가리가 잘린 닭이 살고 있었다. 주인 로이드가 도끼로 닭 모가지를 내리친 뒤 몸뚱이만 살아서 대가리 없는 닭, 마이크가 다시 태어난 것이다. 일명 겁대가리 없는 닭이 세상에서 대가리가 되어 가고 있었다. 목으로 모이를 먹고 2년을 살다 간 마이크는 기네스북에 올라 주인에게 돈방석을 선물했다. 이 소식을 들은 수많은 대가리들은 대가리 없는 세상을 꿈꾸며 도끼로 내려쳐 수많은 바늘방석에 대가리를 모시고자 했다. 벚꽃처럼 떨어진 대가리 중 딱 한 마리, 11일을 살다 간 럭키 일레븐이 순교자가 되고 마이크는 절대자가 되었다. 도마에서 떨어진 몸뚱이가 움직이기를 절대자에게 기원하며 대가리 없이도 잘 살기를 도낏자루에게 빌고 빌었다. 수많은 대가리가 대가리 없는 세상을 꿈꾸며 모가지를 걸고 도끼의 살점을 파먹는 짐승이 되어 간다.

도끼가 바늘이 되는 날, 대가리 없는 세상,
마이크도 한때는 창공을 가르는 새였다고 크게 마이크를
울리고 싶다.

　　　　　　　　　　　　　　　―「치킨 마이크」전문

시인의 눈에 비친 이 세계는 인간의 탐욕과 폭력으로 얼룩
진 디스토피아다. 대가리가 잘린 채 "목으로 모이를 먹고 2
년을 살다 간 마이크"는 "기네스북에 올라 주인에게 돈방석
을 선물했"다. 그 후 수많은 사람들이 제2의 '마이크'를 꿈꾸
며 멀쩡한 닭의 대가리를 도끼로 내리쳤다. 일확천금의 희박
한 확률을 위해, 인간의 쾌락과 유희를 위해 수천 마리의 닭
이 비참하게 죽임당한 것이다. 돈벌이 서커스의 목적으로 닭
의 대가리를 자른 잔인함은 오늘날 공장식 축산 시스템으로
대체되었다. 닭뿐인가? 밀렵으로 멸종된 북부흰코뿔소와 절
멸 위기에 놓인 호랑이, 마운틴고릴라, 향유고래, 마구잡이
로 도살되는 소와 돼지 등은 모두 "치킨 마이크"의 다른 이
름들이다.

인간은 다른 종들은 물론 인간까지 타자화(他者化, othering)
해 동물과 식물을 멸종시키고, 전쟁을 일으켜 인간끼리 죽이
고, 조화롭던 자연을 파헤친 폐허에 혐오와 갈등, 전염병과
집단학살, 그리고 방사능 오염수와 플라스틱 쓰레기만을 남
겨 두었다. 인간이 지구를 지배하면서 시작된 지구의 여섯
번째 대멸종을 '인류세人類世'라고 부른다. 이 비윤리적인 시
대를 시인은 "대가리 없는 세상"이라고 일컫는다. 대개 지능
이 낮은 사람을 가리켜 '닭대가리'라고 부르는데, 탐욕을 위
해 전 지구의 황폐화와 생명체의 멸종을 초래한 인간은 스스
로 제 대가리를 도끼로 내리친 "겁대가리 없는 닭"이다. "치
킨 마이크"는 곧 인간의 알레고리인 셈이다.

그림자의 영혼이 내일과 오늘을 갈라놓지
미닫이문에 꼬리가 잘린 꼬리별도 밤을 세워 놓고 가지

꼬리뼈가 사라진 뒤로 허리춤에 걸리는 허리끈은 안전한지
안전벨트를 풀어 놓고 노는 사람은 자정을 넘기는 사람들

밤의 모퉁이를 밝히는 가로등 아래 장님의 눈동자는 넘
어지고
제 눈을 찔러야 새벽을 본다는 물고기 아가리를 잡고

술잔을 들고 지금은 존재하지 않는 사람을 그리워하는

그때는 없고 지금은 사라진 눈물 잔을 비우는 시간
잠시 떨어지는 해가 꼬리를 말아 올리는

아기가 태어나자마자 세상을 걷고
밀물과 썰물이 어깨를 걸고

돌아가신 어머니가 잠시 집에 머무는 시간
철새는 날아오르고

바람 속으로 날아갔던 거짓말들이 돌아오는 시간
오늘의 하루가 길어지면

내일 하루는 잊어버리기로 해요

　"대가리 없는 세상"에서 사람들은 "차상위계층"(「차상위계
층」)을 나누어 지배와 피지배계급을 만들고, "무차별적으로
전투를 벌이"(「가을의 노트」)고, "욕보고, 욕 쓰고, 욕 받아 주"
(「욕먹는 계절」)면서 서로 갈등하고 반목하며 혐오한다. 오직 자
기 탐욕을 위해 타자를 배격하며 각자도생하는 사람들은 "주
머니가 두둑해서 더 불안해 보이"(「다람쥐」)기까지 한다. 탐욕
은 더 큰 탐욕을, 쾌락은 더 큰 쾌락을 요구하므로 현대사회
의 인간에게는 늘 결핍이 발생한다. 오직 욕망과 결핍만이 순
환하는 이 세계의 환멸적 풍경들과 결별하기 위해 시인은 "제
눈을 찔러야 새벽을 본다는 물고기"처럼 자기 눈을 "장님의
눈동자"로 만든다. 눈을 감음으로써 육안의 세계를 차단하
고, 심안으로 보는 상상 세계, 초월 세계를 지향하는 것이다.
　위 시의 제목은 "어둠의 힘"이다. 눈을 감는 순간 우리는
어둠 속에 갇히게 된다. 어둠 속에서 우리는 부자유스럽다.
그런데 시인에게 어둠은 속박과 폐쇄의 세계가 아닌 열린 시
적 상상의 세계다. 그는 어둠 속에서 "돌아가신 어머니가 잠
시 집에 머무는 시간"을 체험하고, "지금은 존재하지 않는 사
람을 그리워하"기도 한다. 시인에게 어둠은 "아기가 태어나
자마자 세상을 걷"는 초월적 공간이며, 현실 법칙의 간섭에
서부터 자유로워 "바람 속으로 날아갔던 거짓말들이 돌아오
는 시간"이다. 이때 '거짓말'들은 '시'와 동의어다. 시인은 환

한 빛 안에서 눈에 보이는 물질적 풍요만을 좇는 세속적 삶의 방식 대신, 스스로 빛을 차단해 무의식과 직관의 세계인 어둠 속으로 들어가 시 쓰기라는 새로운 생산 활동에 몰두한다.

육안이 차단되면 마음의 눈이 열리며 내면 풍경들을 들여다볼 수 있게 된다. 눈을 감는 행위는 속세와 결별하겠다는 태도다. 몽상 속으로 침잠해 정신에 각인된 상징과 기호들, 자유로운 상상력과 번뜩이는 직관들, 오직 관념 안에서만 존재하는 이데아와 유토피아를 보기 위한 작업인 것이다. 시인은 탐욕과 결핍만이 가득한 속세 대신 풍요로운 상상으로 이루어진 '거짓말'의 세계, 즉 시의 세계로 독자들을 데려가려 한다. 이러한 현실 초월에의 의지는 앞서 말한 것처럼 '날개'의 이미지로 형상화된다. 시의 주체들은 "날개를 달고 지옥과 낙원을 왕래하며"(「나막스」) "심방의 주파수 속으로 날아"(「Okay」)간다. 이때 지옥과 낙원은 모두 현실 너머의 공간이고, '내일'은 아직 도래하지 않은, 미지와 신비의 시간으로 상정된다.

> 오늘은 무덤 속에서 아기를 안고 종이 인형처럼 걸어 나왔지
> 생生과 사死, 사이에는 어떤 우연의 빛이 살고 있을까
> 입구가 환해지는 무덤의 숲속에서
> 나는
> 몇천 년을 천천히 보냈다
> 청동거울은 내 그림자를 밟고 갔지
> 바람의 날 선 비명은 발바닥을 핥고 갔지

거북이를 구워 먹었던 성자들은 별이 되었다지

나도 그중에 별 하나가 될 수도 있었겠지만

수많은 별들 중에 풀꽃 같은 별은 없어서

축제가 끝난 뒤 모닥불로 남았지

텅 빈 들판을 지나올 때

차가운 말 울음소리가 지금도 몸속으로 다가오지

무덤 속에서 눈동자를 열고 보았던

바깥쪽으로 걸어가는 그림자를

한 아이의 울음을 받아 내며

그림자를 따라가지

—「산 자의 무덤 1」 전문

'시'라는 매혹적인 '거짓말'의 세계에서 시인은 현실에 존재하지 않는 초월적 시간과 공간을 펼쳐 보인다. "입구가 환해지는 무덤의 숲속에서/ 나는/ 몇천 년을 천천히 보냈다"라는 독백의 발화자는 죽은 사람이다. "청동거울"과 "거북이를 구워 먹었던 성자들"이라는 시어로 미루어 보아 망자는 기원전 2000~1500년 전 또는 서기 42년쯤 무덤에 누워 몇천 년을 보낸 것으로 보인다. 시인은 그를 가리켜 죽은 자라 하지 않고 '산 자'라고 부른다. 마르케스의 『백 년 동안의 고독』이나 후안 룰포의 『뻬드로 빠라모』에는 죽은 사람이 이승을 활보하고, 산 사람과 대화하는 장면들이 등장한다. 환상적인 요소를 현실과 접목시키는 이러한 시도를 '마술적 사실

주의(magical realism)'라고 부르는데, 그의 시에도 마술적 사
실주의를 연상케 하는 요소들이 다분하다. "나는 당신의 꿈
속에서 당신을 첫 대면한다"(「나는 돌아가고」)라든가 "귀신을 닮
은 그림자가 문지방을 넘어오면"(「우리들의 마지막 얼굴」), "천 년
이 지난 사람들이/ 태양의 얼굴을 만지고 있네"(「해바라기」),
"죽은 자들의 얼굴들이 흔들리고 있다"(「날개」)와 같은 대목들
에서 특히 그렇다.

　이처럼 시인이 먼 시공을 단숨에 돌파하는 초월적 상상력
을 통해 현실과 환상, 삶과 죽음, 과거와 현재와 미래의 경
계를 무화시키는 것은 그가 이 세계를 "우연의 빛"으로 가
득한 예측 불가능성의 우주로 인식하는 까닭이다. 눈에 보
이는 것만이 전부가 아니라고, 이 세계에는 눈에 보이지 않
는 또 다른 질서가 존재한다고 믿는 까닭이다. 그렇기에 그
는 이 세계를 지배하는 모든 확실성과의 결별을 선언한다.
'죽음은 끝'이라든가 '과거와 현재는 단절된 시간'이라고 하는
운명론과 확실주의를 거부하는 것이다. 그의 세계관에서 '죽
음'은 육체가 맞이하는 종료된 사건이 아니라 다른 세계로의
이동이자 존재의 극적인 전환이 되며, 어제와 오늘, 내일이
라는 수직적 시간 구조 또한 원형의 순환 구조 또는 수평 구
조로 재편된다.

　　야! 너 90분 후에 죽어. 길게 숨 쉬고 있어. 유언장을 달력
　　으로 쓰지는 마, 3시간도 아니고 3일도 아니고 3개월은 더더
　　욱 아닌, 딱 90분. 환장을 해도 골백번은 하고도 남을 시간,

빠른 건 숙성이 필요 없다는 거지, 마지막 선물 치고는 이건, 해도 해도 너무 감사한 일이야. 길거리 가로수에게 물어 봐 90분 후에 잎이 말라 버린다면 애써 저녁을 기다리지 않아, 영화 속 주인공처럼 빨리 집으로 가고 싶진 않아, 천국의 문이 빨리 회전하고 있어 복상사의 꿈은 천천히 뒷주머니에 넣어 둬,

　…(중략)…

이제 남은 시간이 날 끝까지 괴롭히고 있어. 꿈속에서 나방의 허물을 벗고 또 이 잠에서 깨어나지 못해 꿈틀대다가 놓아 버린 그 자리, 그 자리에 허둥댄 90분이 헤아릴 수 없는 사연들이 무덤 속까지 뛰어왔지, 착각일지 몰라 하지만 부질없는 것들에 대한 미련은 먹다 남은 밑반찬, 모래시계에 무수히 박힌 별들이 떨어지는 골목이 반짝 빛을 발한다.

—「90분」부분

자신이 90분 후에 죽을 것이라고 예상하는 사람은 이 세상에 단 한 명도 없을 것이다. "야! 너 90분 후에 죽어"라는 외침은 불길한 저주가 아니라 불과 한 시간 반 뒤의 일도 예측할 수 없는 세상에 살면서 마치 죽지 않을 것처럼, 내일이 당연하게 주어질 것처럼 태평하게 살아가는 이들을 향한 경고의 메시지다. 대부분 사람들은 반복적인 일상을 전혀 의심하지 않은 채 이 세계의 우연성과 예측 불가능성을 외면한다. 달리는 버스 위로 건물이 무너져 내리고, 한강 다리가 무너지고, 수학여행 가던 배가 침몰하고, 지하철에 화재가 나고, 공사장에서 벽돌이 떨어져 갑자기 목숨을 잃은 사람들이 너

135

무나도 많다. 그들은 모두 90분, 아니 불과 10분, 1분 뒤에 닥쳐올 죽음을 전혀 예상하지 못했을 것이다. 위 시는 '메멘토 모리memento mori' 즉 '자신의 죽음을 기억하라'는 라틴어 격언을 환기시킨다. 시인이 우리에게 "길거리 가로수에게 물어 봐 90분 후에 잎이 말라 버린다면 애써 저녁을 기다리지 않아"라고 귀띔할 때, 우리는 아직 오지 않은 내일을 위해 오늘을 소모하는 것보다 오직 우리에게 끊임없이 나타나는 지금, 지금, 지금을 소중히 여길 수 있게 되며, 그 어떤 일이 닥쳐오더라도, 설사 그것이 죽음이라 하더라도 그 부조리마저 우연과 혼돈으로 이뤄진 이 우주의 구성 원리임을 인정할 수 있게 된다.

비린내 나는 선창가 여인숙에 몸을 심었네
고구마 싹이 묵는 방에 발을 묻어 싹을 틔우네
황천 주의보가 퍼지는 울음이 슬금슬금 숙박부를 뒤지고

갯바람은 창문에 기대어 해송처럼 서 있네
이 밤, 담쟁이덩굴이 되어 바닥으로 기었다가
늙수그레한 담장을 슬그머니 넘어 장승처럼 서 있을까

돌아눕는 너를 꼭 잡아 줄 덩굴손으로
너를 꽉 잡아 주지도 못하고

— 「빈방」 전문

이 세계의 불확실성, 예측 불가능성, 우연과 혼돈을 수용하는 태도는 곧 '나' 중심의 확실주의를 버리게 한다. 내가 경험한 것, 보고 들은 것, 배운 것만이 옳다고 여기며 '다름'을 '틀림'으로 인식하는 자기중심적 사고에서 벗어나는 순간 '나'라는 개인은 비로소 타자와 관계 맺으며 아날로지analogy의 상응 우주를 함께 이루게 된다. 위 시에서 '빈방'은 곧 타자 수용의 태도가 내면화된 시인의 성숙한 세계인식을 상징하는 공간 이미지다. "담쟁이덩굴"이 된 화자는 "비린내 나는 선창가 여인숙"과 "고구마 싹이 묵는 방", "늙수그레한 담장" 등 버려진 곳, 경계 밖으로 밀려 나간 곳, 아브젝트abject적 존재들의 퇴적 공간을 찾아 기꺼이 "몸을 심"는다. 또 "바닥으로 기"어 다닌다. 각자도생의 현대사회를 살아오면서 "너를 꽉 잡아 주지도 못하"였던, 나와 '다름'을 수용할 여유가 없었던, 사회 경계의 벼랑 끝에 선 약자와 소수자들을 꽉 잡아 주지 못했던 지난날을 반성하면서 탈자기중심적 존재로 전향하는 것이다.

'방'으로 함의되는 마음의 공간을 타자에게 내어 주고, 정작 자신은 외벽과 바닥을 자처하며 타자의 평화를 지키겠다는 담쟁이덩굴의 굳건한 의지는 우리에게 감동을 준다. 시인의 타자 수용, 타자 지향의 태도는 팬데믹으로 인한 관계 상실의 시대, 아파트와 오피스텔 등 타자를 차단하는 주거 생활이 표준적 방식이 되어 버린 교류 상실의 시대에 '빈방'을 우리 삶의 원형적 공간으로 제시한다. '빈방'은 비어 있으므로 일종의 실낙원이자 현대인들이 회복해야 할 이상 공간이다. 주인이 없다면 방문이 잠겨 있어 오히려 들어가기 힘들겠지만, 이 계절 우리는 시인이 기꺼이 비워 주고 열어 놓은 방에 더위와 장마, 또 팬데믹 시대의 혐오와 분리를 피해 넉넉히 세 들어 살 수 있을 것이다.

천년의시인선